BLACKWATER II
LA·DIGUE

BLACKWATER

L'ÉPIQUE SAGA DE LA FAMILLE CASKEY

MICHAEL MCDOWELL

BLACKWATER II
LA DIGUE

Roman

traduit de l'anglais (États-Unis)
par Yoko Lacour avec la participation
de Hélène Charrier

MONSIEUR TOUSSAINT LOUVERTURE

Ce livre a été écrit par
MICHAEL MCDOWELL (1950-1999),
dédié à « Mama El »,
traduit par YOKO LACOUR,
avec la participation de HÉLÈNE CHARRIER,
édité par DOMINIQUE BORDES,
assisté de CLAUDINE AGOSTINI, ROMANE BALEYNAUD,
THIBAUT BERTRAND, LISA FOLLIET, XAVIER GÉLARD,
FRANÇOIS GUILLAUME, DOMINIQUE HÉRODY
et JEAN-FRANÇOIS SAZY.

Titre original : *Blackwater II: The Levee.*

ISBN : 9782381960463
DÉPÔT LÉGAL : avril 2022.

WWW.MONSIEURTOUSSAINTLOUVERTURE.COM

Résumé

Perdido dans l'Alabama doit son nom à l'une des deux rivières qui la surplombent ; l'autre s'appelle la Blackwater. Il ne fait pas bon se baigner à leur confluence, et les eaux n'ont jamais rendu le corps de ceux qui s'y sont retrouvés piégés. Le jour de Pâques 1919, Elinor Dammert, dernière rescapée de l'inondation exceptionnelle qui a frappé la petite ville, raconte à son sauveur, Oscar Caskey, qu'elle n'a pas entendu l'ordre d'évacuation lancé presque une semaine plus tôt et est restée coincée dans sa chambre d'hôtel, sans boire ni manger. Si, une fois la décrue achevée, Elinor est recueillie chez James, l'oncle d'Oscar, trouve un emploi et parvient à gagner l'affection de la plupart des membres de la communauté, elle est confrontée à l'irrationnelle hostilité de la mère de son sauveur et matriarche du clan, Mary-Love Caskey. Celle-ci enrage de l'immixtion de la jeune femme parmi eux, en particulier de la relation que cette étrangère insaisissable entretient avec son fils. Mais Mary-Love tient déjà sa revanche : si elle ne peut pas avoir Oscar pour elle seule, alors Elinor non plus, et par la promesse éternellement repoussée d'une maison comme cadeau aux jeunes époux, elle parvient à les garder sous son toit et sous son joug. Cependant, Elinor est prête à tout pour retrouver sa liberté, y compris à payer le prix du sang.

Généalogies Caskey, Sapp et Welles, 1921

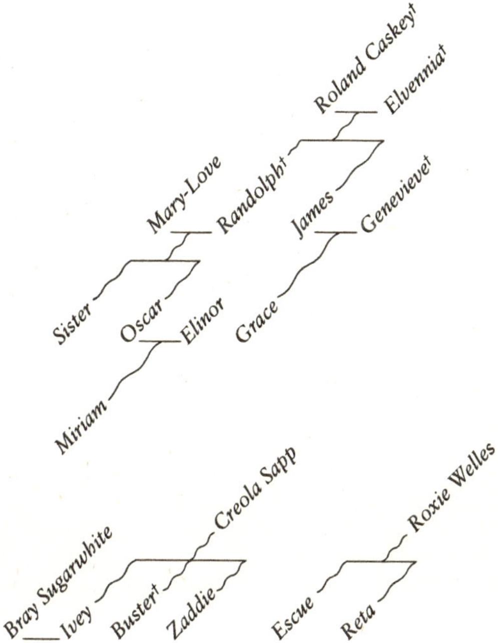

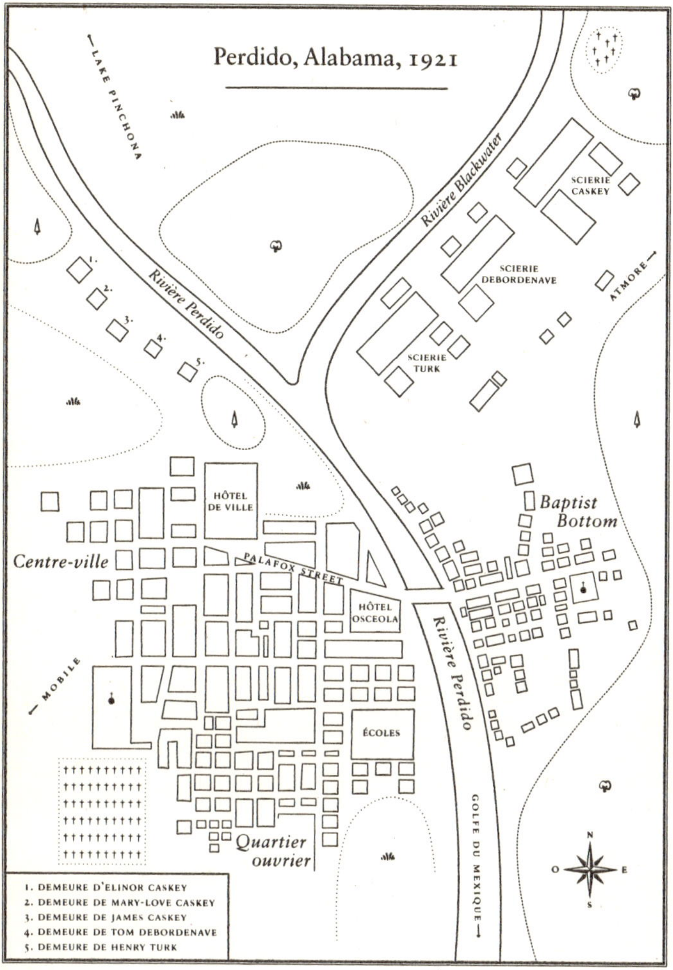

Perdido, Alabama, 1921
LAKE PINCHONA
Rivière Blackwater
Rivière Perdido
SCIERIE CASKEY
SCIERIE DEBORDENAVE
SCIERIE TURK
ATMORE
HÔTEL DE VILLE
Baptist Bottom
Centre-ville
PALAFOX STREET
HÔTEL OSCEOLA
MOBILE
ÉCOLES
Quartier ouvrier
GOLFE DU MEXIQUE
N
O
E
S
1. DEMEURE D'ELINOR CASKEY
2. DEMEURE DE MARY-LOVE CASKEY
3. DEMEURE DE JAMES CASKEY
4. DEMEURE DE TOM DEBORDENAVE
5. DEMEURE DE HENRY TURK

L'INGÉNIEUR

« Seigneur, protège-nous des flots, du feu, des animaux affamés et des Nègres en fuite. »

C'est par cette prière que Mary-Love commençait chaque repas. Elle la tenait de sa mère, laquelle avait soustrait son argenterie, ses esclaves et ses poules à l'avidité des pilleurs yankees. Désormais, Mary-Love et Sister imploraient secrètement le secours divin contre une cinquième menace : « Ô Seigneur, protège-nous d'Elinor Dammert Caskey. »

Elles avaient toutes les raisons de la craindre. En venant à Perdido, la jeune femme avait semé le trouble et la surprise dans le paisible cours de leur vie. Elle était mystérieusement apparue à l'hôtel *Osceola* pendant la grande crue de 1919 et avait d'abord ensorcelé le beau-frère de Mary-Love – James Caskey – avant de jeter son dévolu sur son fils, Oscar. Ils s'étaient ensuite mariés contre la volonté de Mary-Love. Elinor avait des cheveux ocre comme la boue de la rivière, mais n'avait ni famille ni argent. Pourtant, elle avait réussi à arracher Oscar à sa mère, elle l'avait emmené vivre dans la maison voisine et avait troqué sa propre fille contre sa liberté. Ce qui, aux yeux de Mary-Love, prouvait qu'elle était prête à tous les sacrifices pour remporter une bataille. C'était une adversaire redoutable pour cette femme puissante dont personne n'avait jusque-là défié la souveraineté.

Si, avant cet événement, Mary-Love et Sister avaient chéri la petite Miriam, à présent, elles la couvaient comme jamais. Bien que le couple fût parti depuis deux semaines, Elinor n'avait montré aucun signe de repentir pour son geste. Mary-Love avait cinquante et un ans, et n'aurait plus jamais d'enfant. Sister en avait seulement vingt-neuf et aucun espoir de se marier un jour; il était probable qu'elle n'ait jamais d'autre fille que celle que sa belle-sœur lui avait laissée. Les deux femmes n'osaient pas quitter le bébé des yeux, de peur que sa mère – qui devait les épier à travers les nouveaux rideaux de son grand salon – ne vienne subrepticement le leur ravir pour triomphalement le ramener chez elle. Aucune des deux n'avait l'intention de rendre leur trésor, même si, aux yeux du monde et de la loi, leur geste était condamnable.

Les premiers temps, elles s'étaient préparées aux visites d'Elinor, qu'elles avaient supposées constantes et insupportables. Elles étaient persuadées qu'elle ne manquerait pas de leur prodiguer tel ou tel conseil pour l'enfant, qu'elle les supplierait en pleurant de lui confier Miriam une heure tous les matins, qu'elle serait sans cesse penchée sur le berceau de la fillette et chercherait par mille et une façons à la leur reprendre. Mais Elinor ne fit rien de cela. En vérité, elle ne rendit même jamais visite à son bébé. Elle se balançait tranquillement sous le porche de sa nouvelle maison tout en corrigeant la prononciation de Zaddie assise à ses pieds, un manuel scolaire entre les mains. Elinor adressait un signe de tête poli à ses voisines lorsqu'elle les voyait, ou lorsqu'elle ne pouvait feindre de *ne pas* les avoir vues, mais elle ne demandait jamais après Miriam. Mère et fille Caskey – qui n'avaient jamais été aussi soudées face à un problème – avaient beau se creuser la cervelle, elles ne parvenaient pas à décider si elles devaient se fier ou non à l'attitude d'Elinor. Par mesure de sécurité, elles décidèrent qu'il s'agissait d'une nouvelle ruse destinée à endormir leur vigilance. Aussi restèrent-elles sur leurs gardes.

Le dimanche, lors de la messe du matin, Mary-Love et Sister se relayaient auprès de Miriam à la maison. À l'église, l'une ou l'autre s'asseyait sur le même banc qu'Elinor, lui adressait un salut cordial et échangeait avec elle quelques mots si l'occasion l'exigeait. Jusqu'à ce que Mary-Love suggère qu'avec Sister, elles assistent *toutes les deux* à la messe, simplement pour la narguer. Les voyant ensemble, Elinor saurait que la petite Miriam était à la maison sous la seule garde d'Ivey, mais serait dans l'impossibilité de quitter l'église pour aller la récupérer. Ces matins-là, Sister et Mary-Love prenaient soin de ne jamais partir avant d'avoir vu Oscar et Elinor en route pour l'église, par crainte que celle-ci, restée derrière, ne saisisse cette opportunité d'enlever sa fille avant que le premier hymne n'ait retenti.

Un dimanche, toutefois, ni l'une ni l'autre n'étaient à la fenêtre quand Oscar s'en alla à bord de son auto. Elles supposèrent que sa femme l'accompagnait. Une fois à l'église, quel ne fut pas leur désarroi lorsqu'elles découvrirent qu'Oscar était venu seul, Elinor étant restée veiller sur Zaddie, atteinte des oreillons. Leurs voix tremblèrent pendant les chants, elles n'entendirent pas un mot du sermon, oublièrent de se lever quand il le fallait et restèrent debout alors qu'elles auraient dû s'asseoir. Enfin, elles se ruèrent chez elles où elles trouvèrent Miriam en train de dormir dans son couffin installé sous le porche. Penchée au-dessus d'elle, Ivey chantonnait une berceuse. Sous le porche voisin, Elinor lisait le *Mobile Register*. Rien n'aurait été plus simple pour elle que de traverser les quelques mètres qui séparaient les deux maisons, repousser Ivey d'une parole sèche, prendre le bébé et le ramener chez elle. Pourtant, Elinor n'avait rien fait de tel.

Mary-Love et Sister en conclurent qu'elle se fichait de récupérer son enfant.

Convaincues qu'elle avait définitivement tiré un trait sur Miriam – et quoique incapables de comprendre une telle aberration – les deux femmes commencèrent à se demander ce qu'Oscar pensait de tout ceci. Il lui arrivait certes de rendre visite à sa mère et à sa sœur, mais il ne prenait plus jamais ses repas avec elles. Par ailleurs, et Sister en fit la remarque, il n'entrait jamais dans la maison et limitait ses visites au porche. Quelquefois en fin d'après-midi, s'il les y voyait, il venait s'asseoir une dizaine de minutes avec elles. Ils échangeaient quelques mots, puis il se penchait au-dessus du berceau et disait : « Comment ça va, Miriam ? », comme s'il s'attendait à ce qu'un bébé de six mois lui réponde d'une façon ou d'une autre. Il ne semblait pas particulièrement intéressé par sa fille, et se contentait d'un petit sourire ou d'un hochement de tête lorsque Sister racontait un événement fantastiquement drôle ou merveilleusement précoce survenu dans l'évolution de l'enfant. Puis Oscar prenait congé, prétextant qu'Elinor risquait de s'inquiéter de son absence. « Au revoir, maman. Salut, Sister. À plus tard, Miriam », disait-il en les quittant. À travers la répétition de cette scène, qui soulignait chaque fois un peu plus combien Oscar s'était éloigné d'elles malgré la proximité de leurs maisons, Mary-Love et Sister prirent conscience qu'en obtenant la garde de Miriam et en écartant Elinor, elles avaient aussi perdu Oscar.

Elinor et Oscar vaquaient à leurs occupations parmi les seize pièces de leur belle et nouvelle demeure construite à la limite de la ville. Le soir, ils dînaient des restes du déjeuner dans la salle à manger. La porte de la cuisine était laissée ouverte afin que Zaddie, qui avait droit au même repas, ne se sente pas seule. Une fois par semaine, à chaque changement de programme, ils allaient au *Ritz*. Alors même que l'entrée ne valait que cinq *cents*, ils ne manquaient jamais d'en offrir vingt-cinq à la jeune domestique pour qu'elle puisse prendre une place au balcon réservé aux Noirs, qu'elle choisisse d'y assister ou pas. À leur retour, ils s'installaient sur l'une des quatre balancelles de la véranda à l'étage. Là, Oscar les balançait paresseusement du bout du pied, jusqu'à ce que Elinor pose la tête sur ses genoux. À travers la moustiquaire, ils contemplaient la Perdido, baignée de lune, qui s'écoulait silencieusement derrière la maison. Lorsque Oscar parlait, c'était de son travail, de la vaillante croissance des chênes d'eau – après seulement deux ans, ils atteignaient presque onze mètres –, ou encore du dernier potin entendu ce matin-là chez le barbier.

Il n'évoquait jamais leur fille, bien que la fenêtre de sa chambre soit visible depuis l'étage et que celle-ci soit parfois éclairée, Mary-Love ou Sister passant fugacement devant tandis qu'elles veillaient sur l'enfant qu'il avait perdue aussi sûrement que si elle avait été enlevée par des gitans ou s'était noyée dans la rivière.

Elinor était de nouveau enceinte. Contrairement à la première grossesse, Oscar eut l'impression que celle-ci durait plus longtemps. Le ventre de sa femme s'arrondit peu – y compris lorsque le terme se mit à approcher –, si bien qu'il la pressa de prendre rendez-vous avec le docteur Benquith. Ce que fit Elinor, qui revint avec l'assurance que tout allait bien. Elle lui accorda même le souhait de ne pas la voir retourner travailler à la rentrée ; et, à la surprise d'Oscar, elle parut heureuse de rester toute la journée à la maison. Par souci de bienséance et pour apaiser les dernières craintes de son mari, elle renonça également à ses baignades matinales dans la Perdido. En dépit de ces précautions et de l'avis encourageant du docteur Benquith, Oscar ne parvint pas à se débarrasser de son malaise.

Mary-Love aurait aimé que les habitants de la ville reconnaissent la victoire qu'elle avait remportée contre sa belle-fille. Comment auraient-ils pu ne pas la voir, alors que le trésor de guerre était désormais en sa possession ? Qu'importe si cette conquête lui avait valu de perdre l'affection de son fils, tôt ou tard Oscar serait parti de la maison avec quelqu'un. Et de toute façon, quel fils restait indéfiniment fâché avec sa mère ? Il ne faisait aucun doute pour Mary-Love qu'Oscar lui reviendrait un jour. Alors seulement, son triomphe sur Elinor serait total et définitif.

Mais, à la consternation de Mary-Love, les habitants de Perdido ne voyaient pas du tout la situation de cet œil. Ce qu'ils virent plutôt, une fois la fumée des combats dissipée, ce fut Elinor Caskey installée au sommet de sa colline, en train d'agiter un drapeau blanc immaculé. Elle avait dû renoncer à son enfant, mais ne paraissait pas s'en soucier outre mesure.

Surtout, Elinor n'agissait pas le moins du monde comme une femme vaincue. Elle ne rendait peut-être jamais visite à sa belle-mère, sa belle-sœur et sa fille, mais en public, elle continuait à se montrer agréable et polie. Elle ne laissait échapper aucun sarcasme, aucune amertume, aucun signe d'une colère en train de couver, et jamais on ne l'entendait dire le moindre mal de Mary-Love ou de Sister. Elle n'essaya pas non plus de liguer Caroline DeBordenave et Manda Turk contre Mary-Love, en se liant par exemple d'amitié avec elles ou leurs filles.

Elinor ne s'opposa jamais à ce qu'Oscar rende visite à sa mère, pas plus qu'elle ne lui reprochait ensuite d'y avoir été. Elle envoyait Zaddie porter à Mary-Love des pêches et du nectar de mûres qu'elle faisait elle-même. Mais elle ne mettait plus jamais les pieds chez les deux femmes, ne demandait jamais de nouvelles de sa fille et ne les invitait jamais à visiter la maison qu'elles avaient meublée et décorée.

Aussi, une fois que Mary-Love se fut convaincue que rien ni personne ne lui enlèverait Miriam, elle décida qu'Elinor n'avait pas été assez humiliée et chercha un moyen d'écraser une fois pour toutes sa belle-fille.

Un an et demi auparavant, le jour où Elinor avait fait l'annonce de sa grossesse, un homme appelé Early Haskew était arrivé à Perdido. Âgé de trente ans, il avait les yeux marron, des cheveux bruns et une moustache fournie. Sa peau était bronzée, son corps musclé et ses jambes longues. Sa garde-robe semblait composée exclusivement de pantalons kaki et de chemises blanches. Il était diplômé de l'université de l'Alabama et avait été légèrement blessé au combat, sur les berges de la Marne. C'est au cours de sa mobilisation en France qu'Early Haskew avait appris tout ce qu'il y avait à savoir sur les travaux de terrassement. La terre avait envahi sa conscience au point qu'il n'était entièrement à son aise que lorsque ses grands pieds étaient fermement plantés dans le sol. En outre, il paraissait constamment avoir de la terre sous les ongles et dans les plis de sa peau tannée par le soleil; néanmoins, personne n'aurait pensé qu'il s'agissait d'un manque d'hygiène de sa part. Cet élément semblait faire partie intégrante de lui, et nul n'y voyait d'inconvénient. Il était ingénieur et avait pour mission d'étudier la construction d'une digue le long des rivières Perdido et Blackwater, et de déterminer si elle protégerait la ville de nouvelles inondations.

Avec l'assistance de deux étudiants en topographie de l'université polytechnique d'Auburn, Early Haskew avait cartographié la ville, mesuré la profondeur des deux cours d'eau et la hauteur au-dessus du niveau de la mer, il avait consulté les archives et était allé voir les marques laissées par l'inondation de 1919. Il avait également discuté avec les contremaîtres des scieries, qui utilisaient la rivière pour le transport des troncs, avait photographié les zones de la ville les plus proches des berges et écrit à des ingénieurs de Natchez et de la Nouvelle-Orléans pour leur demander conseil. Enfin, il avait reçu un salaire qui, sans qu'aucun membre du conseil municipal ne le sache, était entièrement versé par James Caskey. Après huit semaines où il sembla être partout, avec ses cartes, ses instruments, ses calepins, ses appareils photo, ses crayons et ses assistants, Early Haskew disparut. Il avait promis de remettre des plans détaillés sous trois mois, mais peu après son départ, James reçut une courte lettre lui annonçant qu'il lui serait impossible de tenir le délai en raison d'une mission à effectuer sur la base militaire de Camp Rucca. Early Haskew était encore réserviste.

À présent, libéré de ses obligations militaires, il retournait à Perdido avec l'intention de finir ses plans aussi rapidement que possible. Qui sait quand les eaux monteraient à nouveau ?

Il avait vécu chez sa mère dans la minuscule ville de Pine Cone, aux abords de la région de Wiregrass, en Alabama. Elle venait de mourir, et il n'avait plus de raisons d'y retourner. Il avait vendu la maison familiale et écrit à James pour lui demander s'il aurait la gentillesse de lui trouver un endroit où habiter. Early espérait non seulement concevoir les plans de la digue, mais – dans l'éventualité où le conseil municipal le jugerait apte – aussi en superviser les travaux. Auquel cas, il serait en ville pour au moins deux ans, ce qui justifiait pleinement l'achat d'une maison.

Un soir, James mentionna le fait à Mary-Love ; la nouvelle, aussi intéressante qu'elle soit, ne lui avait pas semblé de première importance, aussi fut-il surpris par la fougue avec laquelle sa belle-sœur réagit.

« James, s'écria-t-elle, ne le laisse pas acheter une maison !

— Pourquoi pas ? demanda-t-il mollement. Si c'est ce qu'il veut et qu'il a assez pour ça ?

— C'est jeter l'argent par les fenêtres !

— Mais maman, qu'est-ce que tu veux qu'il fasse ? demanda Sister qui, assise à table, faisait sauter Miriam sur ses genoux tandis qu'à ses côtés, Grace, neuf ans, tendait son doigt au bébé afin qu'il puisse garder l'équilibre.

— Je ne veux pas qu'il gaspille son argent, dit Mary-Love. Je veux qu'il reste ici avec nous. Il y a l'ancienne chambre d'Oscar. Elle a une salle de bains et un petit salon dans lequel il pourra installer sa table à dessin. D'ailleurs, je pourrais en acheter une pour moi, ajouta-t-elle, songeuse – du moins, en prit-elle l'air. J'ai toujours voulu en avoir une.

— Mais non, dit Sister, contredisant sa mère d'un ton sur lequel elle aurait aussi bien pu lui demander de lui passer le sel.

— Mais si !

— Mary-Love, pourquoi veux-tu à tout prix que Monsieur Haskew s'installe ici ? demanda James.

— Parce que Sister et moi, on se sent seules et qu'il a besoin d'un endroit où vivre. Et il ne voudra certainement pas vivre seul. Qui va lui faire à manger ? Qui va laver son linge ? C'est quelqu'un de gentil. Il est venu dîner ici la dernière fois qu'il était à Perdido, tu t'en souviens ? Écris-lui et dis-lui qu'il est invité à rester avec nous dans une grande et belle maison.

— Il avait mangé ses pois avec la pointe de son couteau, intervint Sister. Maman, tu avais dit que tu n'avais jamais vu quelqu'un de respectable se comporter comme ça en public. Tu t'étais demandé quel type d'éducation il avait pu recevoir. Il n'y a que moi qui aie été polie avec lui. Un soir, Monsieur Haskew est venu parler à Oscar, et Elinor s'est levée de son siège et a quitté la pièce en refusant même de le saluer. Je n'avais jamais vu ça.

— Pourquoi penses-tu qu'elle ait réagi comme ça ? demanda James, soudain pris de doutes quant à l'invitation aussi énergique qu'inattendue de Mary-Love.

— Je ne sais pas, se hâta de répondre celle-ci. Ce que je voudrais savoir James, c'est si tu vas écrire cette lettre, ou si je vais devoir le faire moi-même. »

James haussa les épaules, ignorant ce qui résulterait de cette affaire.

« Je lui écrirai demain du bureau…

— Pourquoi pas ce soir ?

— Et qu'est-ce qui te fait dire qu'il va accepter ? Peut-être qu'il ne voudra pas vivre ici.

— Pourquoi refuserait-il ?

— Eh bien, dit James au bout d'un moment, il ne voudra peut-être pas habiter dans la même maison qu'un nourrisson qui passe ses journées à pleurer.

— Miriam ne pleure pas ! s'indigna Sister.

— Je sais qu'elle ne pleure pas, répondit James, mais c'est ce que font les bébés, et on ne peut pas en vouloir à Monsieur Haskew d'ignorer qu'il fait face à un cas particulier.

— Dans ce cas, tu le lui diras », asséna catégoriquement Mary-Love, si bien que James accepta d'écrire le soir même.

« James, une dernière chose, chuchota Mary-Love tandis qu'elle reconduisait son beau-frère à la porte après le repas. Surtout ne dis rien à Oscar ou à Elinor. Je veux que tout soit arrangé avant qu'on leur apprenne la nouvelle. Quelle surprise ce sera pour eux ! »

PLANS ET PROPHÉTIES

Early Haskew reçut des lettres à la fois de James Caskey *et* de sa belle-sœur, lui offrant tous deux l'hospitalité chez Mary-Love et une place à sa table pour la durée de son séjour. Early déclina l'invitation par une missive succincte mais polie : il ne souhaitait pas profiter de la générosité de la ville, en particulier celle de la famille qui lui fournissait déjà un emploi lucratif pour une période de temps assez longue. Deux autres courriers lui parvinrent aussitôt – James répétant que l'offre de Mary-Love était faite sans arrière-pensée et qu'étant donné qu'aucune maison n'était à vendre, il n'y avait pas de meilleure solution ; Mary-Love quant à elle se plaignait d'avoir déjà fait l'achat d'une table d'architecte, que diable allait-elle en faire s'il prenait une chambre à l'hôtel ? Pour Early Haskew, ce fut le coup de grâce, et il répondit par une lettre de capitulation cordiale. Vaincu, il insista néanmoins pour payer dix dollars la semaine pour le gîte et le couvert.

L'ingénieur arriva à Perdido en mars 1922. Bray alla le chercher à la gare d'Atmore avec l'automobile de Mary-Love, et il fut chez cette dernière à temps pour le repas du vendredi midi.

Sister fut immédiatement intimidée par cet homme costaud, séduisant et doté d'un naturel peu commun comparé à la population masculine de Perdido. Du moins, il était différent d'Oscar, qui était paisible et, à sa façon, délicat. Il était même l'opposé de James, dont le calme et l'excès de délicatesse étaient indubitablement teintés de féminité. Il n'y avait rien de calme, de délicat ou de féminin chez Early. Au cours du déjeuner, le contenu de son assiette faillit finir sur la nappe à de nombreuses reprises et sa tasse de thé se renverser ; ses couverts en argent s'entrechoquaient et sa serviette volait en tout sens. À trois reprises, Ivey dut remplacer sa fourchette, qu'il s'évertuait à faire tomber par terre. Lorsqu'il mentionna, au cours de la conversation, la quasi surdité de sa mère, on s'étonna moins de son penchant à hurler et à articuler outrageusement chaque mot. Il expliqua également que son prénom singulier lui venait du nom de jeune fille de sa mère, née dans le comté de Fairfax, en Virginie. Avec ses grands gestes et les menus accidents qu'il provoqua à table, la salle à manger parut bientôt trop étroite pour qu'on s'y sente à l'aise, comme si l'on forçait un géant de foire à dormir dans la caravane des nains.

Sister ne se rappelait pas qu'un homme tel que lui ait jamais été invité à la table de Mary-Love, elle qui s'enorgueillissait d'être distinguée jusqu'au bout des ongles. Pourquoi sa mère tolérait-elle soudain la gaucherie de l'ingénieur et l'accueillait-elle sous son toit ?

« Monsieur Haskew, j'espère que vous comptez nous sauver, ma famille et moi, des prochaines crues, dit Mary-Love avec un sourire qu'on aurait pu aisément qualifier de radieux.

— C'est exactement ce que je compte faire, Madame Caskey, répondit Early avec une voix si forte qu'Elinor aurait pu l'entendre depuis chez elle. C'est pour ça que je suis là. En plus, j'aime beaucoup ma chambre. J'aurais juste souhaité que vous ne vous donniez pas la peine d'acheter une table à dessin !

— Si cette table peut nous sauver d'une inondation, elle aura valu chaque *cent* que j'ai mis dedans. Et puis, je ne crois pas que vous auriez accepté de vivre ici si elle ne vous attendait pas déjà là-haut. »

Après le repas, lorsque James fut retourné à la scierie et qu'assis sous le porche Mary-Love, Sister et Early prenaient le thé, Zaddie passa devant eux. De toute évidence elle effectuait une course pour Elinor. D'une voix basse, Mary-Love souffla : « Sister, dis à Zaddie de venir nous voir. »

La requête surprit Zaddie, dont l'indéfectible dévouement à Elinor lui avait plus ou moins barré l'entrée de la maison de Mary-Love – ainsi que son porche. Zaddie continuait certes à ratisser sa cour tous les matins, mais Mary-Love daignait à peine lui adresser un signe de tête.

« Zaddie, lança cette dernière, entre. J'aimerais te présenter quelqu'un. »

La jeune domestique, âgée de douze ans à présent, passa la porte moustiquaire et pénétra sous le porche. Early et elle se détaillaient des yeux.

« Zaddie, voici Early Haskew. C'est l'homme qui va sauver Perdido de la prochaine crue.

— Oui, m'dame.

— Monsieur Haskew va construire une digue pour sauver Perdido !

— Oui, m'dame, répéta poliment Zaddie.

— Comment ça va, Zaddie ? demanda Early d'une voix si forte qu'elle fit ciller la petite fille.

— Ça va, m'sieur Skew.

— Haskew, corrigea Sister.

— Ça va, répéta Zaddie.

— Zaddie, remercie Monsieur Haskew de nous sauver de la prochaine crue, ordonna Mary-Love.

— Merci, m'sieur.

— De rien, Zaddie. »

Zaddie et Early s'examinaient avec circonspection, n'ayant ni l'un ni l'autre la moindre idée des raisons de cette rencontre. La jeune domestique se demandait pourquoi on lui présentait soudain ce Blanc, alors que le matin même elle avait été chassée sans ménagement pour avoir voulu jeter un œil dans le berceau de Miriam. Quant à Early, il craignait que Mary-Love ne soit déterminée à lui présenter tous les hommes, femmes et enfants – blancs, noirs ou indiens – dont la vie et les biens seraient protégés par les digues qu'il promettait de construire autour de la ville.

Sister, quant à elle, avait son idée. Aussi efficace qu'un télégraphe, Zaddie excellait dans la diffusion des informations : Elinor apprendrait qu'Early logeait chez Mary-Love aussi sûrement que si un employé de la Western Union était venu lui livrer un message à sa porte.

« On ne te retient pas plus longtemps, ma fille, dit enfin Mary-Love. Tu faisais une course pour Elinor ?

— Oui m'dame. Faut que j'aille lui chercher de la paraffine.

— Eh bien, vas-y », dit Mary-Love, et Zaddie fila.

Se tournant ensuite vers Early, elle expliqua :

« Zaddie est au service d'Elinor et Oscar. Vous connaissez mon fils.

— Bien sûr.

— Mais vous n'avez pas encore rencontré ma belle-fille.

— Pas encore, Madame.

— Ça viendra, répondit-elle d'un ton désinvolte. J'espère que l'occasion se présentera. Ils habitent dans la grande maison blanche à côté. Je la leur ai fait construire en guise de cadeau de mariage.

— Une très belle maison.

— Je sais. Mais lorsque vous aurez passé quelque temps ici, Monsieur Haskew, vous vous rendrez compte qu'il n'y a pas beaucoup d'allées et venues entre nos deux demeures.

— Non, Madame, répondit poliment Early, comme s'il comprenait de quoi il retournait.

— Enfin… hésita Mary-Love, avant de conclure abruptement. Non, c'est tout. »

Ce soir-là, le conseil municipal rassembla non seulement les élus permanents – Oscar, Henry Turk, le docteur Leo Benquith et trois autres hommes – mais aussi James Caskey et Tom DeBordenave, présents en tant que propriétaires de scieries et parties intéressées. Early Haskew leur présenta les différentes étapes de la construction des digues, un planning et un tableau des dépenses.

Les travaux se feraient en trois temps. La portion la plus importante de la digue serait bâtie le long de la Perdido, en aval de l'embouchure. Elle protégerait d'un côté, le centre-ville et la zone d'habitation des ouvriers à l'ouest de la rivière, et d'un autre, Baptist Bottom à l'est. Au pied de l'*Osceola*, le pont qui traversait la Perdido allait être élargi et surélevé à hauteur des remblais, et des rampes d'accès plus sûres y seraient construites. Cette digue urbaine protégerait la plus grande partie de la zone résidentielle et commerçante de Perdido. Une deuxième digue, reliée à la première et longue d'environ huit cents mètres, s'élèverait sur la rive sud de la Blackwater, qui prenait sa source dans le marais de cyprès et rejoignait la ville par le nord-est. Celle-là était destinée à protéger les scieries. Enfin, la troisième portion, la plus petite, courrait le long de la berge sud de la Perdido en amont de l'embouchure et protégerait les cinq demeures des grands propriétaires : Henry Turk, Tom DeBordenave, James, Mary-Love et Oscar Caskey. Celle-là s'arrêterait à une centaine de mètres après la limite de la ville. Lorsque les eaux monteraient à nouveau, comme elles le feraient fatalement un jour, les trois digues assureraient la sécurité de la ville, et seuls les terrains inhabités au sud de Perdido seraient inondés.

Dans quatre mois, promit Early, il serait en mesure de fournir des plans détaillés, à la suite de quoi les travaux pourraient commencer. Il faudrait au moins quinze mois pour construire des digues de part et d'autre de la Perdido en ville, et six mois pour chaque portion plus petite en amont. Early estimait le coût du chantier à un million cent mille dollars – une somme qui donna momentanément le vertige au conseil municipal.

Early se rassit et laissa le conseil débattre du projet. En 1919, Perdido avait perdu davantage que le coût estimé de la digue. En cas de nouvelle crue, les pertes seraient encore plus importantes si la ville continuait à croître et les scieries à produire toujours plus de bois de charpente. Aussi le chantier fut validé, sous réserve que les fonds puissent être levés. Se mettant d'accord d'un simple signe de tête, James et Oscar offrirent de pourvoir aux dépenses d'Early le temps qu'il conçoive les plans. Ce serait la contribution de leur famille à la ville qui les avait vus naître. Ainsi autorisé et encouragé à poursuivre son projet, Early quitta la réunion.

Après que l'ingénieur fut parti et que chacun eut fait son éloge, les éminents citoyens examinèrent une nouvelle fois les chiffres d'Early et établirent que la digue urbaine coûterait sept cent mille dollars, celle qui bordait la Blackwater deux cent cinquante mille, et celle qui remontait la Perdido vers l'amont, derrière les maisons des propriétaires, cent cinquante mille. Puisqu'elle concernait uniquement leurs demeures, les trois propriétaires des scieries décidèrent qu'ils paieraient la totalité des frais pour cette dernière et qu'ils partageraient avec la ville le coût de la digue qui protégeait les scieries. Une fois ces calculs achevés, il ne restait plus à Perdido qu'à payer huit cent vingt-cinq mille dollars, une somme qui sonnait déjà beaucoup mieux aux oreilles des élus.

James accepta de rendre visite au législateur du comté de Baldwin à Bay Minette afin de discuter d'un prêt avec le gouvernement d'État. Tom DeBordenave se chargerait de convaincre les banques de Mobile.

Quoi qu'il en soit, chacun sortit apaisé de la réunion. La crue de 1919 avait causé un bouleversement si grand, si inattendu, et la ville avait été si peu préparée, que cette première étape vers plus de sécurité semblait un pas de géant aux membres du conseil. Ils imaginèrent les effets qu'auraient les digues une fois érigées. Les eaux des rivières Perdido et Blackwater pourraient monter très haut contre les constructions d'Early Haskew, les enfants garderaient le sourire en continuant de jouer à la corde à sauter et aux billes sur la terre sèche, bien en deçà du niveau de l'eau noire et tourbillonnante qui s'agiterait sinistrement de l'autre côté.

Le même soir, alors qu'Oscar assistait à la réunion, Elinor cousait dans la véranda à l'étage. L'ayant rejointe, Zaddie lui confia l'étrange épisode survenu chez Mary-Love dans l'après-midi.

« Pourquoi elle voulait que je rencontre cet homme ? », demanda la jeune domestique intriguée, mais tout à fait certaine qu'Elinor aurait la réponse.

Le visage figé, celle-ci posa son travail de couture. Elle se leva et s'approcha de la balustrade. Son ventre arrondi ne fit qu'à peine chalouper sa démarche ferme.

« Tu ne comprends pas, Zaddie ?

— Non, mam'selle. »

Elinor se tourna et, contenant difficilement sa fureur, lança :

« Elle tenait à ce que tu rencontres cet homme afin que tu viennes tout me raconter ensuite ! Voilà ce qu'elle voulait !

— Mam'selle ?

— Zaddie, tu sais que Madame Mary-Love ne m'adresse plus la parole...

— Ah ça, oui ! s'écria Zaddie avec emphase, comme si la situation présente n'avait été causée qu'à la suite d'un stratagème adroit imaginé par Elinor.

— ... mais elle voulait *à tout prix* que je sache que cet homme était de retour en ville.

— Vous voulez dire, m'sieur Skew ? »

Elinor hocha sombrement la tête.

« Pourquoi m'dame Mary-Love voudrait que vous sachiez ça ?

— Parce qu'elle sait que je déteste Early Haskew, voilà pourquoi. Elle l'a fait pour me déstabiliser, Zaddie. Et je vais te dire une chose, je *suis* déstabilisée !

— Pourquoi ?

— Tu n'en as vraiment aucune idée ?

— Non, mam'selle.

— Tu sais ce que cet homme veut faire ? Il veut faire barrage aux rivières. Il veut bâtir des digues autour de la ville pour les empêcher de déborder.

— Mam'selle Elinor, on veut plus d'inondations, non ? dit Zaddie avec précaution.

— Il n'y aura plus aucune inondation, lança Elinor d'un ton théâtral.

— Ivey dit que ça pourrait se reproduire. Elle dit que les crues viennent avec les écureuils.

— Ivey ne sait pas de quoi elle parle. Ivey ne connaît rien aux crues », dit Elinor en faisant les cent pas le long de la balustrade et en jetant des coups d'œil, ici, à la maison de Mary-Love, là, à son splendide bosquet de chênes d'eau, mais toujours revenant aux eaux rouges de la Perdido qui coulaient vite et en silence derrière la maison.

Immobile, Zaddie la dévisageait, tenant d'une main la chaîne de la balancelle.

« Personne ici ne connaît rien aux crues et aux rivières, poursuivit Elinor. On aurait pu croire qu'ils apprendraient quelque chose, à vivre là depuis si longtemps, où chaque fois qu'ils ouvrent leurs fenêtres ils sont forcés de voir la Perdido, où chaque fois qu'ils vont travailler ou faire les courses ils doivent traverser un pont et voir l'eau qui file sous leurs pieds, cette même rivière où ils pêchent les poissons qu'ils servent à dîner le samedi soir, où leurs enfants les plus âgés sont baptisés et où les plus jeunes se noient. On aurait pu croire qu'ils tireraient quelque chose de tout ça, n'est-ce pas, Zaddie ?

— Oui, mam'selle, répondit doucement la jeune fille, sans qu'Elinor se donne la peine de se retourner pour la regarder.

— Pourtant il n'en est rien, fit amèrement Elinor. Ils n'ont rien appris. Ils vont embaucher *cet homme* pour construire des digues, ils vont se persuader que les rivières n'existent plus. Et crois-moi Zaddie, Mary-Love va se démener corps et âme pour que ce projet voie le jour, même si elle doit sortir l'argent de sa poche. Et tu sais pourquoi ?

— Pourquoi, mam'selle ?

— Pour m'atteindre. Voilà pourquoi elle fait ça. C'est la seule et unique raison. Seigneur, comme cette femme me hait ! », s'exclama Elinor en faisant soudain demi-tour avant de se rasseoir sur la balancelle d'un mouvement brusque.

Elle fixait Zaddie qui, prudemment, s'était installée à côté d'elle. D'un coup de pied rageur, Elinor se mit à se balancer. Elle pressa ses mains contre son ventre, et lorsqu'elle se remit à parler, ce fut d'une voix aussi heurtée que les tressautements de la chaîne.

« Zaddie, tu sais ce qu'on verra dans quelques mois chaque fois qu'on s'assiéra sur cette balancelle ?

— Quoi, mam'selle ?

— On verra un tas de terre. *Cet homme* va bloquer notre vue sur la rivière avec un tas de boue. Et Mary-Love sera là, dehors, armée d'une pelle pour l'aider. Elle va le faire uniquement pour me mettre hors de moi. Elle va demander à Sister de s'y mettre aussi. Même Miriam sera là dans sa poussette, et Mary-Love se penchera au-dessus d'elle pour lui dire : "Regarde bien mon enfant, regarde comme je gâche la vue de ta maman ! Regarde-moi élever des montagnes juste sous les yeux de ta vraie mère !" Oh comme je les hais, Zaddie ! Comme je voudrais qu'ils aillent tous en enfer ! »

Elinor continua à se balancer tout en fixant la Perdido. Sa respiration était forte et irrégulière.

« Mam'selle Elinor, est-ce que je peux poser une question ? demanda timidement Zaddie.

— Quoi ?

— Et s'ils mettent pas la digue ? Va y avoir une autre crue ? Un jour, je veux dire ? Mam'selle Elinor, des gens sont morts dans la crue ! »

Elinor planta sèchement son pied par terre et la balancelle s'arrêta en une secousse, manquant de faire basculer Zaddie en avant. Elinor se tourna et fixa la jeune fille.

« Écoute-moi bien, Zaddie. Cette digue – si jamais un jour elle est construite – n'apportera rien de bon à la ville.

— Qu'est-ce que vous voulez dire ?

— Moi vivante, et tant que j'habiterai dans cette maison, il n'y aura pas de crue à Perdido, avec ou sans digue. Les rivières ne monteront pas.

— Mam'selle Elinor, vous pouvez pas... »

Elinor ignora cette protestation.

« Par contre Zaddie, quand je serai morte, reprit-elle, avec ou sans digue, cette ville et tous ses habitants disparaîtront de la surface de la terre… »

LE BAPTÊME

Lorsque Zaddie avait rapporté à Elinor la nouvelle de l'arrivée d'Early Haskew, elle ignorait qu'il logeait dans la maison voisine. Mary-Love aurait tout donné pour voir l'expression sur le visage d'Elinor quand elle apprit qu'il allait dormir dans la chambre et le lit qu'elle-même avait occupés quelques mois auparavant. C'est Oscar qui, sans se douter de la réaction de sa femme, avait mentionné ce fait au dîner. Le lendemain soir, alors qu'ils passaient devant chez Mary-Love en partant pour le cinéma, Oscar et Elinor virent Early assis sous le porche en compagnie de Sister. Elinor s'arrêta net, fit demi-tour pour rentrer chez elle, puis refusa d'adresser la parole à Oscar de toute la soirée. Elle suspendit un hamac dans la véranda et dormit face à la rivière.

Lorsqu'elle descendit prendre son petit déjeuner le lendemain matin, sa colère était retombée.

« Ta mère veut que je perde ce bébé, dit-elle à Oscar.

— Elinor, voyons ! Qu'est-ce que tu insinues ? s'exclama-t-il, abasourdi.

— J'insinue que Mary-Love souhaite que je fasse une fausse couche. Elle veut que Miriam soit la seule, comme ça elle pourra nous provoquer avec, pour toujours. »

Oscar n'avait encore jamais entendu sa femme parler de leur fille, et il fut confondu par la perversité de ses propos.

« Elinor, c'est complètement faux. Comment peux-tu penser quelque chose d'aussi terrible ?

— Pourquoi crois-tu qu'elle ait invité *cet homme* à vivre chez elle ?

— Monsieur Haskew ?

— *Cet homme* dort dans *ta* chambre, Oscar.

— Je suis au courant. Et je crois que maman a raison. Elle le fait pour le bien de Perdido, pour que Monsieur Haskew ait un endroit agréable où faire ses plans. Tu sais qu'elle lui a même acheté une table à dessin à soixante-cinq dollars ? Et une chaise à roulettes à quinze dollars ! Maman veut seulement que Monsieur Haskew puisse avancer dans les meilleures conditions possible. »

Elinor se détourna et regarda par la fenêtre en direction de chez Mary-Love.

« Ça me rend malade de devoir regarder cette maison en sachant que *cet homme* est assis là avec un crayon et une règle, à dessiner sa digue. »

Oscar commençait à comprendre.

« Ça me revient, tu n'avais pas beaucoup aimé Monsieur Haskew quand il était venu ici, il y a un an à peu près… »

Elinor dévisagea son mari avec un air qui semblait indiquer que c'était un euphémisme.

« … mais je pensais juste que tu ne l'aimais pas *lui*, tu sais, comme moi je n'aime pas le gombo. Mais il ne s'agit pas de ça en vérité, n'est-ce pas ? C'est parce qu'il est ici pour construire la digue, et que tu n'en veux pas.

— Parfaitement. Je n'en veux pas. La ville n'en a pas besoin. Il n'y aura plus d'inondations.

— Elinor, comment tu pourrais en être certaine ? On ne peut pas se permettre de prendre un tel risque. Et même si j'étais sûr qu'aucune vie n'est en danger, je soutiendrais ce projet. Tu sais combien de bois on a perdu en 1919 ? L'argent que ça représente ? Et encore, nous, on a eu de la chance. Le pauvre Tom DeBordenave ne s'est toujours pas remis, et je doute qu'il y arrive un jour. La ville pourrait être à nouveau inondée l'année prochaine, et là, je serais surpris que l'un d'entre nous puisse s'en remettre, cette fois.

— Il n'y aura pas de crue l'an prochain », dit calmement Elinor.

Consterné, Oscar examina sa femme.

« Elinor, dit-il enfin, tu ne peux pas te mettre dans cet état à cause d'Early Haskew. C'est quelqu'un de très gentil et je suis certain qu'il n'aimerait pas savoir que sa seule présence bouleverse une femme enceinte.

— Mary-Love a tout manigancé », insista-t-elle.

Ils étaient revenus au point de départ. Dans un soupir, Oscar se leva de table et se prépara pour aller travailler. Il savait qu'Elinor avait une vision des choses aussi déformée qu'un objet vu à travers plusieurs mètres d'eau vive. Cet après-midi-là, en rentrant du travail, il fit un saut chez sa mère, et au beau milieu d'une discussion sur la gestion de la scierie, Mary-Love le coupa :

« Oscar, Elinor sait que Monsieur Haskew s'est installé chez nous ?

— Elle le sait », répondit sèchement Oscar.

Vu la manière dont sa mère avait brusquement abordé le sujet, le mieux était de rester prudent et d'en dire le moins possible. Un homme ne sait jamais quels vers on essaie de lui tirer du nez.

« Eh bien, qu'est-ce qu'elle a dit ? »

L'eau n'était soudain plus aussi vive, et Oscar se mit à percevoir ce qui reposait dans le lit de cette rivière, si loin sous la surface.

« Elle n'a pas dit grand-chose, maman. Elle pense que la ville n'a pas besoin de digue. Elle ne croit pas à une autre inondation. Donc, je suppose qu'elle pense que Monsieur Haskew perd son temps, et nous, notre argent. »

Mary-Love eut une moue de dédain.

« Qu'est-ce qu'elle sait des crues et des digues ?

Qu'est-ce qu'elle sait des gens qui ont perdu leurs maisons et leurs commerces dans une catastrophe ?

— Eh bien, objecta Oscar, elle a failli perdre la vie à cause d'une crue. Souviens-toi, Bray et moi l'avons trouvée piégée dans l'*Osceola.* »

Mary-Love ne répondit rien, mais son visage irradiait du souhait ardent qu'Elinor Dammert soit restée piégée jusqu'à mourir de faim ou d'ennui. Oscar poursuivit comme si sa mère avait exprimé ce souhait à voix haute.

« Maman, si je ne lui avais pas porté secours et que je ne l'avais pas épousée ensuite, Miriam ne serait pas là.

— C'est vrai, admit Mary-Love. Et je lui serai toujours reconnaissante de me laisser m'occuper de sa petite fille. De son premier enfant. Elle n'était pas obligée. Mais est-ce qu'elle n'a vraiment fait aucun commentaire à propos de Monsieur Haskew ? Tu lui as bien dit qu'il logeait dans ton ancienne chambre ? Qu'il dormait dans le lit où elle a accouché ? »

Oscar ne trouva pas les mots pendant un instant. Il était choqué de la rapidité avec laquelle sa mère s'était trahie. Sa vision n'était plus du tout trouble désormais, mais bien terriblement limpide. Il comprit qu'Elinor avait eu raison depuis le début. Sa mère avait invité Early Haskew chez elle uniquement pour lui nuire – même s'il doutait qu'elle ait cherché à provoquer une fausse couche. La découverte d'une part de malveillance chez sa mère – car il n'y avait pas d'autre terme – poussa fermement Oscar à prendre le parti de son épouse. Il aurait préféré se couper la langue plutôt que d'admettre devant Mary-Love le désarroi dans lequel la présence de l'ingénieur avait plongé Elinor. Par conséquent, il alla même jusqu'à la tromper en faisant remarquer : « Elinor se réjouit qu'il y ait quelqu'un pour vous tenir compagnie. Elle craignait que toi et Sister vous sentiez seules depuis notre départ. Notre maison est si grande, maman, et l'entretenir demande tellement de temps et d'efforts qu'Elinor n'a pas encore trouvé l'occasion de venir vous rendre visite, même si ça l'attriste. »

Confuse, Mary-Love observa son fils – dont le visage affichait un sourire parfaitement neutre –, essayant de décider si oui ou non il jouait la comédie, ou si, comme le faisaient les hommes à Perdido, et sans nul doute partout ailleurs, il parlait sans avoir la moindre idée de l'effet de ses paroles.

Lors du dîner ce soir-là, Oscar rapporta mot pour mot à sa femme l'échange qu'il avait eu avec sa mère. Après avoir écouté cet exposé si honnête, Elinor ne douta pas un instant qu'Oscar sache l'importance des propos qu'il avait tenus à Mary-Love. Elle lui accordait bien plus de crédit que ne le faisait sa mère.

« Est-ce que je ne te l'avais pas dit ? lança-elle, en souriant.

— Tu avais raison à propos d'elle, je n'aurais jamais cru ça possible. Mais je dois te dire…

— Dire quoi ?

— Que je vais continuer à soutenir Monsieur Haskew. Un jour ou l'autre, il y aura une nouvelle crue, et je reste convaincu que les digues doivent être construites. Je sais que tu n'aimes pas cette idée, mais je dois tout faire pour protéger la ville et les scieries.

— Très bien, Oscar, répondit-elle avec un calme surprenant. Tu commences à entrevoir certaines choses, mais tu es encore loin de tout comprendre. Le moment viendra où tu apprendras de tes erreurs… »

Mary-Love avait d'abord considéré Early Haskew comme un simple outil à même de tourmenter sa belle-fille, mais il devint rapidement plus que cela. C'était un homme aimable, doux et gentil, et bientôt elle s'habitua à sa voix tonitruante et à sa mauvaise habitude de manger ses petits pois avec la pointe de son couteau. Ces manières frustes n'étaient sans doute pas complètement rédhibitoires chez un homme aussi jeune et séduisant, même si Mary-Love craignait qu'avec le temps cela n'empire. Sister aussi – ou plutôt, Sister en particulier – l'aimait bien, n'ayant jamais côtoyé un homme qui ne soit pas un membre de la famille.

Early passait ses journées dans sa chambre à dessiner. Sister lui apportait des tasses de café et des biscuits qu'elle cuisinait elle-même. Lorsqu'il faisait chaud, elle lui apportait du thé glacé, et lorsqu'il n'y avait plus rien à apporter elle entrait silencieusement dans sa chambre avec un livre et s'asseyait sur une chaise, d'où le profil de l'ingénieur était toujours à portée de vue.

« Tu l'embêtes ! protestait Mary-Love.

— Pas du tout », répondait Sister.

Et si c'était le cas, il n'en laissa jamais rien paraître. Il devait remercier Sister au moins quatre-vingts fois par jour, d'un ton toujours cordial et sincère. Lorsque Mary-Love insista pour que sa fille le laisse tranquille et qu'elle la rejoigne plutôt sous le porche pour finir leur travail de broderie, Sister bouda jusqu'à ce que sa mère l'autorise, de mauvaise grâce, à retourner près de la table à dessin d'Early.

Parfois, quand il déclarait que ses yeux étaient fatigués, l'ingénieur descendait de sa chambre pour s'asseoir avec ses hôtes, où, paupières mi-closes, il se balançait sur son siège en parlant d'une voix calme. Il partait seul faire de longues balades, en particulier sur les bords de la rivière pour y observer la terre et les dépôts argileux. Quelquefois aussi, Bray le conduisait dans les comtés de

Baldwin et d'Escambia pour examiner différentes carrières, d'où il revenait couvert de boue. Il avait beau se laver et changer de vêtements, il avait toujours des traces de l'argile rouge de l'Alabama dans les plis de son visage et sous les ongles de ses larges mains. Miriam l'adorait. Le soir, à la joie de l'enfant, il la faisait sauter sur ses genoux aussi longtemps qu'elle le voulait.

À cause de lui, les échanges entre la maison de Mary-Love et celle d'Oscar cessèrent complètement. Fini les cagettes de fruits et les confitures qu'Elinor faisait apporter par Zaddie. Oscar ne rendait presque plus visite à sa mère. Même les sœurs Zaddie et Ivey parurent oublier leur lien de parenté. Mary-Love se consolait à la pensée du coup de poignard qu'elle avait planté dans le dos de sa belle-fille. Cherchant à sonder la profondeur de cette plaie, elle dit un jour en croisant son fils :

« Oscar, on ne voit plus beaucoup Elinor. Est-ce qu'elle va bien ? Nous nous faisons du souci.

— Tu sais, maman, Elinor arrive bientôt à terme, elle évite de se fatiguer avec d'inutiles va-et-vient », répondit-il avant d'ajouter en plaisantant : « En vérité, je la garde enfermée à double tour dans sa chambre. Zaddie lui tient compagnie en lui faisant la lecture par le trou de la serrure. »

En agissant ainsi, Oscar empêchait sa mère de tirer la moindre satisfaction de la colère d'Elinor. Cependant, il disait vrai en ce qui concernait la grossesse : elle était *effectivement* sur le point d'accoucher. Selon les calculs d'Oscar, l'enfant – Elinor ne lui avait toujours pas dit s'il s'agissait d'une fille ou d'un garçon – aurait même déjà dû être né.

Que le terme de la grossesse soit dépassé ou non, le bébé retarda son arrivée d'encore quatre semaines. Oscar commença à s'inquiéter. Elinor se sentait mal et restait alitée. On appela le docteur Benquith.

« Elle est très nerveuse, confia-t-il à Oscar après avoir ausculté Elinor.

— Je comprends, mais comment va le bébé ?

— Je l'ai senti donner des coups de pied.

— Alors dites-moi si c'est un garçon ou une fille. »

Regardant Oscar d'un air perplexe, le médecin ne dit rien pendant un moment.

« Je parie que c'est un garçon, poursuivit Oscar. C'est bien ça ?

— Oscar, répondit doucement Leo Benquith, vous savez qu'il n'y a aucune façon de savoir s'il s'agit d'un garçon ou d'une fille, n'est-ce pas ? »

Oscar parut surpris, puis il répliqua :

« Eh bien, c'est ce que je croyais avant. En tout cas, c'est ce que j'avais toujours entendu dire. Mais Elinor sait. Et je *sais* qu'elle sait. Seulement, elle refuse de me le dire.

— Votre femme se moque de vous. »

La curiosité d'Oscar fut bientôt satisfaite. Le 19 mai 1922, Elinor donna naissance à une petite fille de deux kilos trois cents.

Le médecin était reparti et Roxie lavait les draps ensanglantés au rez-de-chaussée quand Oscar demanda à sa femme :

« Tu savais que ce serait une fille ?

— Bien sûr.

— Pourquoi ne m'as-tu rien dit ?

— Je ne voulais pas que tu sois déçu, répondit Elinor en tendant le bébé à Oscar afin qu'il puisse en décider. Tu aurais sans doute préféré un garçon, mais je savais qu'une fois que tu verrais cette petite fille tu l'aimerais à mourir. Voilà pourquoi je ne t'ai rien dit.

— Je l'aime à mourir quoi qu'il en soit ! Garçon ou fille, ça aurait été pareil !

— Dans ce cas, je me trompais, dit doucement Elinor en posant le nourrisson contre son sein. La prochaine fois, je te le dirai. »

Cet après-midi-là, Oscar et Elinor reçurent une sorte de visite officielle de Mary-Love et Sister. Celle-ci portait Miriam dans ses bras, et Oscar se fit la remarque, non sans être mal à l'aise, que c'était la première fois que leur fille aînée pénétrait dans la maison de ses parents. Après avoir examiné toutes les pièces en cheminant vers l'étage, et sifflé un murmure désobligeant dès qu'elles posaient les yeux sur quelque chose, Sister et Mary-Love entrèrent dans la chambre d'Elinor et vinrent se camper de part et d'autre du lit où elle se reposait. Comme s'il s'agissait d'un geste répété à l'avance, elles se penchèrent et lui embrassèrent chacune une joue. Elinor repoussa un coin de la couverture sous laquelle était emmitouflé le nouveau-né et annonça :

« Vous voyez ? Maintenant, j'ai la mienne. » Elle regarda ensuite sa fille aînée toujours dans les bras de Sister et reprit : « Miriam, je te présente ta sœur Frances.

— C'est le prénom qu'on lui a donné ? demanda Oscar.

— Oui », répondit Elinor, qui ajouta après un instant : « C'était celui de ma mère.

— C'est un prénom charmant, déclara Mary-Love. Sister et moi ne voulons pas te fatiguer, si tu as besoin de quoi que ce soit, envoie-nous Zaddie et nous irons te le chercher.

— Merci, Mary-Love. Merci, Sister.

— Oui, il faut vraiment qu'on y aille, maman. Early va se demander ce qui nous retient. »

À l'énoncé du prénom de l'ingénieur, le sourire poli d'Elinor se crispa. Elle ne leur dit rien de plus.

Ce même soir, tandis qu'Elinor – remarquablement vite remise – arpentait la nurserie avec Frances, chantonnait pour elle, la tenait bras tendus pour l'admirer, lui faisait des grimaces et des sourires puis la serrait et l'étouffait de baisers et de câlins, Oscar se livrait à des calculs compliqués pour établir avec précision la date de conception de sa fille. En retournant neuf mois en arrière – le docteur Leo Benquith l'avait assuré que l'accouchement et la grossesse s'étaient déroulés normalement –, il parvenait à la date du 19 août 1921.

C'était juste après avoir emménagé dans leur nouvelle demeure, Oscar se rappelait parfaitement qu'ils avaient fait l'amour cette nuit-là car c'était leur première fois dans leur propre maison, mais il se rappelait également, non sans une certaine gêne, qu'un peu plus tôt ce même jour, Elinor lui avait *annoncé* être enceinte.

La nuit de la naissance de Frances, Elinor avait déclaré vouloir rester dormir seule avec elle dans la nurserie. Ravi de l'intérêt et de l'amour que sa femme portait à sa nouvelle enfant – une attitude qui contrastait vivement avec la façon dont elle avait traité Miriam –, Oscar approuva chaleureusement. Étendu dans son lit sans trouver le sommeil, il songeait à Elinor, à sa grossesse et à l'étrange coïncidence dans les dates.

Dans la maison voisine, Early Haskew ronflait encore plus fort qu'il ne parlait. Incapable de dormir, Mary-Love réfléchissait aux conséquences qu'allait avoir la naissance de Frances sur la situation, craignant que le nouveau-né soit l'arme avec laquelle Elinor assiérait, aux yeux de Perdido, sa domination totale. Dans son lit, Sister pensait tour à tour à Miriam, qu'elle aimait profondément, et à l'homme qui ronflait dans la chambre au bout du couloir, auquel elle n'était pas indifférente. Allongée à ses côtés, la petite Miriam, dans ses rêves informes, se délectait de choses sans nom à manger, de choses sans nom à ramasser et de choses sans nom à ranger dans la petite boîte que lui avait offerte Mary-Love.

Dans la troisième maison de la famille, Grace Caskey s'agitait et tournait dans son lit, incapable de dormir tant elle était excitée par cette nouvelle naissance. Elle s'imaginait un trio de cousines – elle-même, Miriam et Frances – aimantes et loyales. James quant à lui pensait – à moins que ce ne soit un rêve ? – à la terre qui recouvrait la tombe de sa femme, et songeait à la fleurir de verveine ou de phlox. Puis tous s'endormirent, et tous rêvèrent de ce qui leur tenait le plus à cœur.

Cette nuit-là, alors que les Caskey dormaient et rêvaient, un brouillard s'éleva de la Perdido pour se répandre sur la propriété.

Il n'était pas inhabituel d'en avoir dans ce coin de l'Alabama, mais il ne surgissait que la nuit et rares en étaient les témoins. Plus épais et sombre que d'ordinaire, celui-ci monta de la rivière comme un prédateur transperce la nuit après un long sommeil diurne, impatient de satisfaire sa faim. Il s'enroula autour des trois maisons, les enveloppant d'un voile stagnant, épais et silencieux. Ce qui avait été sombre quelques instants plus tôt, devint obscur. Il avait été si discret et délicat que son arrivée n'avait tiré personne du sommeil. L'humidité de la rivière infiltra les demeures et nimba les dormeurs d'une moiteur asphyxiante. Même les ronflements d'Early furent étouffés. Aucun des Caskey ne se réveilla, et s'ils luttèrent contre lui, ils ne le firent qu'en rêve – des rêves où l'oppressante brume était dotée de jambes et de bras visqueux et d'une bouche qui n'exhalait rien d'autre que vapeur et ténèbres.

Zaddie était la seule à savoir. Elle rêva du brouillard, dont les doigts moites tirèrent les draps qui la couvraient, si bien que son corps se refroidit. Elle rêva qu'il la réveillait et l'attirait dehors, loin de la sécurité de sa minuscule chambre derrière la cuisine. Cela paraissait si réel que Zaddie ouvrit les yeux pour se prouver que le brouillard n'existait pas. Mais lorsqu'elle le fit, son regard tomba sur le plafond, et c'est seulement après qu'elle vit d'épaisses nappes de brume flotter devant sa fenêtre. Au même moment elle perçut, léger et assourdi, le grincement humide de la moustiquaire à l'arrière de la maison. D'abord, elle ne fit pas confiance à ses oreilles, ce son lui avait paru si lointain, puis elle entendit un bruit de pas sur les marches du porche.

Elle se redressa d'un coup dans son lit, et les remous du brouillard s'animèrent soudain de turbulences. Zaddie ne craignait pas les cambrioleurs, car il n'y avait eu aucun vol à Perdido depuis 1883, quand « Railroad » Bill avait cambriolé la scierie des Turk, pourtant elle scruta frénétiquement l'extérieur par la fenêtre. On ne pouvait presque rien voir mais lorsqu'elle plissa les yeux, elle distingua vaguement une silhouette sombre en train de descendre les marches avec précaution.

Elle sut que c'était Elinor.

Une autre marche grinça. La silhouette se figea. Zaddie voyait bien qu'elle portait quelque chose dans ses bras repliés, et que tenait-on ainsi sinon un bébé ?

Impossible que l'air nocturne et le brouillard puissent convenir à un nourrisson d'à peine un jour ! Vêtue uniquement de sa chemise de nuit, et sans penser à enfiler ses chaussures, Zaddie sauta silencieusement de son lit, sortit de son réduit et pénétra sous le porche. Elle avait ouvert la porte moustiquaire doucement mais sans pour autant tenter de dissimuler sa présence. Elle la referma derrière elle.

Quasiment invisible dans l'obscurité, Elinor

traversait la cour quelques mètres plus loin.

« Mam'selle Elinor... souffla Zaddie.

— Retourne te coucher, Zaddie », répondit Elinor d'une voix rêveuse et moite, comme si elle venait de très loin.

Zaddie hésita.

« Mam'selle Elinor, vous faites quoi dehors avec c'beau bébé ? »

Elinor berçait le nourrisson.

« Je vais la baptiser dans la rivière, et je n'ai pas besoin de ton aide. Rentre te coucher, tu m'entends ? Une petite fille comme toi pourrait s'égarer dans l'obscurité et même mourir... »

La voix d'Elinor s'estompa, tout comme sa silhouette. Elle s'était perdue dans la nuit. Zaddie courut vers elle, craignant pour la sécurité de l'enfant.

« Mam'selle Elinor... », chuchotait Zaddie à la nuit noire.

Pas de réponse.

Elle courut vers la rive, trébucha contre la racine d'un chêne d'eau et s'étala dans le sable. Elle se releva à la hâte et, le brouillard se dissipant un instant, elle vit la silhouette d'Elinor penchée au-dessus de la rivière.

Pressant encore plus le pas, elle saisit la chemise de nuit de sa maîtresse.

« Zaddie, dit Elinor d'une voix toujours distante et étrange, je t'ai dit de rentrer à la maison.

— Mam'selle Elinor, vous pouvez pas mettre ce bébé dans l'eau ! »

Elinor rit.

« Tu penses vraiment que la rivière voudrait du mal à ma petite fille ? »

Et sur ce, elle jeta le nourrisson dans le remous noir et tumultueux de la Perdido, tel un pêcheur qui remet à l'eau une prise trop petite.

Zaddie nourrissait depuis longtemps une peur bleue de la rivière – tant de gens avaient péri dans ses vicieux courants. Elle connaissait les histoires d'Ivey au sujet de ce qui vivait dans son lit et aux choses cachées dans sa boue. Malgré cette peur, malgré la noirceur et le manque de visibilité dû à la brume, Zaddie se précipita avec l'intention de sauver le nouveau-né que sa mère venait inexplicablement de jeter à l'eau.

« Zaddie ! cria Elinor. Reviens ! Tu vas te noyer ! »

Zaddie attrapa l'enfant – du moins, elle crut l'attraper. Plongeant les bras dans l'eau, elle avait certes attrapé *quelque chose*. Mais ça ne ressemblait pas du tout à un bébé. Au contact de la chose glissante, tout aussi rugueuse que caoutchouteuse – comme une sorte d'anguille –, elle faillit la relâcher. Frémissant de dégoût, la petite fille leva néanmoins les mains au-dessus de la surface. Ce qu'elle tenait était noir et répugnant : une tête sans cou posée directement sur un corps trapu. Une queue courtaude, presque aussi épaisse que le reste, tressautait convulsivement. La chose était entièrement couverte d'une écume gluante. Battant l'air avec frénésie, elle se tortillait pour échapper aux mains qui l'étreignaient, comme pour retourner dans son élément. Mais Zaddie tenait bon, les doigts crispés autour de sa chair repoussante. De la bouche de poisson sortit un filet d'eau mousseuse tandis que la queue fouettait les avant-bras de la domestique. Des yeux vides et protubérants brillaient au milieu de ce qui semblait être sa face.

La main d'Elinor se referma sur l'épaule de Zaddie.

Celle-ci se raidit et tourna la tête.

« Tu vois, mon bébé va bien », dit Elinor.

Dans les bras de Zaddie, il y avait Frances Caskey, nue et molle, l'eau de la Perdido gouttant lentement de ses coudes et de ses pieds.

« Sors de l'eau, Zaddie, dit Elinor en tirant la fillette par la manche. Le fond est plein de boue, tu pourrais glisser... »

Le lendemain matin, Roxie secouait Zaddie pour la tirer d'un profond sommeil.

« Hé ! T'as pas commencé à ratisser la cour ? Qu'est-ce qui va pas chez toi ? »

Zaddie s'habilla précipitamment, tremblante mais soulagée que son aventure nocturne n'ait été qu'un cauchemar. Elle s'était égarée dans ses méandres, puis elle avait accosté en lieu sûr avant qu'un lourd sommeil ne l'engloutisse. À la lumière du jour, il semblait impensable qu'Elinor ait jeté son bébé dans la Perdido, et Zaddie s'empêcha même de *penser* à ce qu'elle avait tenu en rêve entre ses mains.

Elle courut à la cuisine et avala à la hâte un morceau de pain. Puis elle attrapa son râteau et ouvrit la porte de derrière. Un instant, le grincement de ses gonds lui rappela son rêve, mais Zaddie ne fit que sourire de sa peur. Elle descendit en courant les marches… et s'arrêta net.

Quatre paires d'empreintes de pas marquaient le sable. Deux paires allaient vers la rivière, et deux autres en revenaient. Tout autour des empreintes, il y avait de minuscules creux circulaires, comme le feraient des gouttelettes d'eau tombées dans le sable et qui auraient séché.

Le cœur lourd, Zaddie s'avança dans la cour grise et fraîche. Les yeux rivés au sol, elle effaça soigneusement les empreintes, comme si par son geste elle pouvait ôter de sa mémoire ce qui, en fin de compte, n'avait pas été un rêve. Et tout le temps que dura sa tâche, elle entendit Elinor qui, installée dans la véranda au-dessus d'elle, fredonnait un chant étrange à son nouveau-né.

LE PÈRE, LE FILS
ET LE SAINT-ESPRIT

À l'époque de la naissance de sa plus jeune nièce, Sister se retrouva submergée par un sentiment d'impuissance et de futilité. Elle, qui jusqu'à présent s'était résignée à son sort, ignorait les raisons de son malaise. Peut-être le mariage d'Oscar y était-il pour quelque chose – il avait réussi à fuir la maison alors qu'elle était restée derrière, à éponger la rancœur de sa mère face à cette désertion. Peut-être était-ce à cause d'Elinor qui, bien que plus jeune qu'elle, était incontestablement plus forte – elle avait lutté d'égale à égale avec Mary-Love. Peut-être aussi que Sister était lasse d'entendre les sempiternelles plaintes de sa mère à l'égard de sa belle-fille, de la ville et de Sister elle-même. Récemment, Mary-Love avait pour la première fois tenté de prendre l'ascendant sur Miriam – qu'elle avait toujours partagé équitablement avec sa fille. Voilà ce qui perturbait le plus Sister. Bientôt, elle le savait, sa mère lui enlèverait complètement l'enfant et elle se retrouverait à nouveau seule.

Bien que les Caskey soient l'une des familles les plus riches de Perdido, Sister ne possédait que très peu en son nom : quelques actions reçues en guise de cadeau d'anniversaire et dont les dividendes ne lui rapportaient pas grand-chose. Quant aux bijoux des Caskey, enterrés avec Genevieve et mystérieusement apparus chez Elinor, elle préférait ne pas y penser. D'ailleurs, aucun ne lui appartenait. Hormis les perles noires qu'Elinor avait prises, Mary-Love avait tout gardé pour elle et pour Miriam. Sister commençait à croire que personne ne se souciait jamais de son avis. Un matin de juillet 1922, elle débarqua dans le bureau de James à la scierie en se déclarant prête à effectuer n'importe quelle tâche qu'on lui assignerait. Son oncle la dévisagea avec perplexité avant de lui répondre : « Seigneur, moi-même j'ai du mal à mettre de l'ordre dans cet endroit, pourquoi tu viens me voir *moi* pour te dire quoi faire ? » Elle alla donc voir son frère avec la même requête. « Sister, lui avait-il répondu, il n'y a rien ici pour toi, à moins que tu saches taper à la machine ou réparer une déchiqueteuse à bois, et je sais que tu ne peux faire ni l'un ni l'autre. » Sister eut l'impression que sa famille conspirait afin de lui refuser la dignité et la satisfaction que procurent même les plus banales responsabilités.

Elle émit l'idée d'ouvrir une mercerie sur Palafox Street, mais sa mère lui répondit : « Non, Sister, je ne te donnerai pas l'argent pour le faire, parce que la boutique fermera au bout de six mois. Tu sais tenir un commerce ? Et puis, j'ai besoin que tu restes à la maison avec moi. » À ces mots, Sister réalisa que « la maison » était précisément l'endroit où elle ne voulait pas finir ses jours.

Elle était fatiguée de cette vie. Aussi pensa-t-elle avoir trouvé une échappatoire.

Sa solution n'était pas nouvelle, c'était même l'un des remèdes les plus communs au monde. Elle allait tout arranger en se trouvant un mari. Alors qu'elle passait en revue les candidats potentiels, elle se félicita en prenant conscience que l'homme le plus adéquat à la situation – celui qui convenait exactement à ce qu'elle cherchait – était également à portée de main. C'était l'homme dont elle entendait toutes les nuits les ronflements depuis l'autre bout du couloir. Early Haskew.

Early était séduisant, à sa façon burinée et mal dégrossie. Il était ingénieur et semblait promis à un bel avenir. Tous les Caskey l'appréciaient. Mais rien de tout cela n'importait vraiment à Sister. Le véritable atout d'Early Haskew, c'est qu'une fois la digue achevée, il quitterait Perdido. C'était évident que s'il se mariait dans l'intervalle, il emmènerait son épouse avec lui.

Sister n'avait aucune expérience, ignorait tout

des rudiments du flirt, et dans ce contexte elle pouvait difficilement demander conseil à sa mère ou aux amies de celle-ci. Demander à Elinor était hors de question, c'est pourquoi elle se tourna vers celle qu'elle était déjà allée voir une fois ou deux par le passé : Ivey Sapp, la domestique de sa mère. Elle savait que la recommandation d'Ivey serait teintée de mysticisme, dans sa formulation comme dans son exécution, mais il n'y avait pas d'alternative. « Je n'ai personne d'autre », pensait Sister lorsqu'elle descendit à la cuisine un après-midi et qu'elle demanda sans préambule à la domestique :

« Ivey, tu peux m'aider à me marier ?

— Pas de problème, répondit cette dernière sans hésiter. Quelqu'un en particulier ? »

Ivey était entrée au service de Mary-Love à l'âge de seize ans, c'est-à-dire trois ans plus tôt. Elle était potelée et avait la peau noire et brillante. Ses jambes étaient irrémédiablement arquées d'avoir enfourché la vieille mule des Sapp pour tourner encore et encore autour du pressoir à cannes à sucre, parfois presque douze heures par jour. Jusqu'à ce que, lasse de l'oppressante monotonie de son existence, elle se mette à désirer « monter à la ville », comme le disait sa mère Creola avec mépris. On l'avait mariée à Bray Sugarwhite, un homme beaucoup plus âgé qu'elle, mais gentil et doté d'une situation confortable au sein de la maison Caskey.

Le principal défaut d'Ivey – du moins aux yeux de Mary-Love – était une forme larvaire de superstition qui lui faisait voir des démons dans chaque arbre, des augures dans chaque nuage et des significations néfastes dans chaque incident du quotidien. Ivey Sapp dormait avec des grigris, et des *choses* pendaient à une chaîne autour de son cou. Elle ne commençait jamais la récolte de canne à sucre un vendredi et s'enfuyait en courant de la maison si on y ouvrait un parapluie, refusant d'y remettre les pieds de toute la journée. Elle ne sortait jamais les cendres après quinze heures, au risque qu'un décès survienne dans la famille. Elle ne passait pas le balai la nuit de crainte de balayer la chance par la porte. Elle ne faisait aucune lessive le jour du Nouvel An, car alors il lui faudrait nettoyer un cadavre dans l'année. Ivey était contrainte par une foule d'interdictions et d'exceptions, chacune assortie de sa formule magique ou de son proverbe, si bien que pas un jour ne passait sans qu'elle n'émette des objections quant aux tâches qu'on lui confiait. Mary-Love pensait qu'Ivey en inventait la moitié pour pouvoir tirer au flanc, mais la plupart de ses croyances n'avaient rien à voir avec son travail. Ainsi, chez les Caskey, aussi déconcertant que ce soit, le moindre geste commis sous les yeux d'Ivey ou inexplicablement rapporté à ses oreilles devenait matière aux plus sombres prédictions : « Qui chante au dîner, pleure au coucher », par exemple. Avant la naissance de Miriam, Mary-Love s'était toujours réjouie de l'absence d'enfants dans la maison, parce qu'Ivey en aurait fait des êtres farouches et apeurés, avec ses contes et ses mises en garde sur les créatures qui vous attendaient tapies dans la forêt, qui vous guettaient par la fenêtre ou traînaient dans le sillage de votre canot.

« Qu'est-ce que je suis censée faire ? », demanda Sister lorsqu'elle eut confessé, non sans embarras, ne vouloir épouser personne d'autre qu'Early Haskew.

S'asseyant à la table de la cuisine, Ivey parut se perdre dans ses pensées et dans d'incompréhensibles murmures, tout en écossant d'un geste mécanique des petits pois dans une bassine. Sister s'assit et, malgré son impatience, n'osa interrompre les rêveries de la domestique. Elle avait beau se répéter qu'elle ne croyait pas aux superstitions, aux sortilèges et aux rituels, la transe incantatoire d'Ivey ébranlait son scepticisme. Au bout de plusieurs minutes, les paupières de la cuisinière se fermèrent et ses mains retombèrent inertes sur ses genoux. Elle se tint parfaitement immobile pendant si longtemps que Sister commença à s'inquiéter.

Soudain, ses yeux s'ouvrirent et elle demanda :

« On est quel jour ?

— Mercredi, répondit Sister, aussi effrayée que si Ivey avait annoncé qu'elle venait de voir le Seigneur des Ténèbres.

— Vendredi, allez m'acheter un poulet vivant.

— Ivey... commença Sister, perplexe.

— L'achetez pas à une femme, faut que ça soit un homme qui le vende. Le poulet d'une femme servira à rien. »

Le vendredi suivant, Sister alla en ville et flâna au magasin de Grady Henderson jusqu'à ce que Thelma Henderson quitte le comptoir pour aller dans la réserve. Sister jaillit de derrière un tonneau et cria :

« Grady, je voudrais un poulet s'il vous plaît ! Je suis extrêmement pressée.

— Thelma revient dans une minute, Mademoiselle Caskey. Elle va s'occuper de vous.

— Mince, Grady, je viens de regarder ma montre – Sister n'en portait pas, ce que le commerçant voyait très bien – et j'étais censée être de retour à la maison il y a une demi-heure ! Vous savez ce que maman va en penser ? »

Grady Henderson connaissait Mary-Love et imaginait bien la scène.

« Lequel vous voulez ? demanda-t-il en avançant

vers l'étal vitré où les poulets étaient disposés sur des plateaux en porcelaine.

—J'ai besoin d'un poulet vivant, pouvez-vous m'en ramener un ? Il me faut une jeune poule... qui n'a pas encore pondu d'œufs, ajouta-t-elle anxieusement et avec une certaine gêne. Vous avez sûrement ça, n'est-ce pas ? »

Grady examina attentivement Sister, haussa les épaules, puis il sortit par le fond du magasin. Sister le suivit, jusqu'à un poulailler plongé dans l'obscurité.

« Celle-là ? », demanda-t-il en pointant une cage qui renfermait une demi-douzaine de poules blanches de taille et d'âge divers couvertes de saletés.

Sister acquiesça.

« Elle a l'air jeune. »

Monsieur Henderson ouvrit la cage, sortit la poule par le cou et la jeta sur une balance qui pendait du plafond.

« Un kilo cent. Ça vous fera quarante-cinq *cents*. Tenez, je vais vous la mettre dans un sac pendant que vous retournez voir Thelma pour régler.

—Non ! s'alarma Sister en sortant un billet d'un dollar de sa poche. Je vais vous payer tout de suite. Gardez la monnaie... Il faut *absolument* que je rentre à la maison !

—Mademoiselle Caskey, vous êtes sûre que ça va ? Vous venez de me donner un dollar. Pour ce prix-là, je vous mets un autre poulet.

— Non, je n'ai besoin que de celui-là ! », cria-t-elle. Puis, se redressant, elle ajouta d'une voix plus calme : « Ça va aller, ne vous en faites pas. »

Le sac en toile qui contenait le volatile tenu à bout de bras, Sister se précipita chez elle, se faufilant par la porte de derrière pour ne pas être vue de sa mère.

« Votre maman est sortie faire une course, dit Ivey en jetant un œil dans le sac. Elle a dit qu'elle serait de retour pour le dîner, donc on va s'occuper de ça maintenant.

— Il ne faut pas attendre qu'il fasse nuit ?

— Pourquoi ? Qui vous a raconté ces bêtises, mam'selle Caskey ? Je sais ce que je fais. »

Puis, se passant de simagrées mystiques ou d'incantations incompréhensibles, et alors que Sister tenait encore le sac, Ivey plongea la main dedans et d'un mouvement sec arracha la tête de la poule. Elle réunit ensuite les mains de Sister sur l'ouverture du sac qui ballottait follement. Sister le tenait le plus éloigné possible d'elle et regardait avec horreur la toile s'imprégner de sang. Lorsque le sac eut cessé de gigoter, Ivey y plongea une nouvelle fois le bras et sortit le corps de l'animal. Le sang avait couvert ses plumes. Tenant l'infortunée volaille par les pattes, elle lui ouvrit la poitrine avec un petit couteau, puis fourra ses doigts potelés dans la carcasse, tâtonna un moment à l'intérieur et en ressortit son cœur sanglant. Elle le jeta sans cérémonie dans une soucoupe posée sur la table de la cuisine.

Tandis que Sister nettoyait les traces du carnage, Ivey enterra la poule et sa tête dans un trou creusé dans le sable, à côté des marches de la cuisine. Elle plia le sac qu'elle cacha sous une pile de vieux journaux sous le porche arrière. Sister regardait tout ceci sans oser demander quelle part, dans ce cérémonial complexe, était légitime et nécessaire, et quelle part était uniquement destinée à ne pas éveiller les soupçons de Mary-Love. Ivey fit signe à Sister de la suivre dans la cuisine.

La domestique sortit alors cinq broches en métal d'un tiroir et les disposa en rang sur la table. Elle s'assit face aux broches, ramassa la soucoupe avec le cœur de la poule et la tendit à Sister. Malgré son dégoût, celle-ci prit l'organe entre ses doigts.

Ivey brisa la soucoupe par terre et fit signe à Sister de faire le tour de la table.

À la fois gênée et terrifiée, Sister obtempéra.

« Le Père, le Fils et le Saint-Esprit, dit Ivey.

— Le Père, le Fils et le Saint-Esprit », reprit Sister qui, suivant les instructions d'Ivey, fit trois fois le tour de la table en répétant la formule, rassurée par la familiarité des mots.

Lorsqu'elle acheva le dernier tour, elle se tint à côté de la chaise d'Ivey. La domestique ramassa l'une des broches, la lui tendit et désigna un point sur la droite du cœur de la poule, que tenait toujours

Sister. Celle-ci avait compris que le rituel devait se faire dans le silence, à l'exception des formules qu'elle répétait mot pour mot. Tandis qu'elle perçait le cœur avec la broche et l'y enfonçait profondément, Ivey entonna : « De même que je transperce le cœur de cette innocente poule, le cœur d'Early Haskew sera transpercé de son amour pour moi. » Les yeux écarquillés, l'extrémité de la broche à la main, Sister répéta la formule mot pour mot.

Puis Ivey désigna un point sur le devant du cœur et dit : « Cette pique percera le cœur d'Early jusqu'à ce qu'il fasse de moi son épouse. » Sister répéta les paroles tout en enfonçant la deuxième broche.

La troisième transperça le cœur de l'arrière vers l'avant, et Sister dit, à la suite d'Ivey : « À la vie, à la mort, Early Haskew, je suis à toi pour toujours. »

La quatrième traversa le cœur de part en part, depuis la gauche. « Ce qui est à toi est à moi, ce qui est à moi est à toi. »

Ivey ramassa la dernière broche et pressa un point sur le bas du cœur. Sister enfonça le métal, qui ressortit au sommet, une goutte de sang perlant à son extrémité. « Cinq plaies avait Jésus, et par elles tu seras blessé à mort, Early Haskew, si avant la fin de l'année nous ne sommes pas mari et femme. Au nom du Père, du Fils et du Saint-Esprit. Amen. »

Sister s'apprêtait à protester que d'aucune façon elle ne souhaitait provoquer la mort d'Early en cas d'échec, mais Ivey secoua théâtralement la tête pour lui imposer le silence. Se levant de sa chaise, elle s'approcha de la cuisinière dont elle ouvrit la grille. Sister remarqua pour la première fois qu'Ivey l'avait fait chauffer tout l'après-midi.

Sister jeta le cœur transpercé à l'intérieur, où il atterrit sur un lit de braises et se mit à grésiller. Les deux femmes le regardèrent s'embraser et se consumer dans une flamme pourpre. Bientôt, il ne resta rien d'autre que les cinq broches incandescentes, tombées sur les braises, toujours croisées, formant un pentagone.

D'un claquement sec, Ivey referma la porte du foyer. Puis elles se redressèrent et répétèrent à l'unisson l'incantation qui, pour Sister, avait désormais perdu son caractère familier et rassurant. « Au nom du Père, du Fils et du Saint-Esprit. »

LES DOMINOS

Roland Caskey avait fait construire la première scierie de Perdido en 1875. Le vieil homme avait ensuite graduellement fait l'acquisition de sept mille hectares de forêt dans les comtés de Baldwin et d'Escambia. Quand il mourut en 1895, la scierie Caskey produisait huit mille mètres de bois de charpente par jour. Les troncs que sa scierie ne pouvait traiter étaient marqués d'un trèfle et acheminés via la rivière jusqu'à sa scierie secondaire à Seminole. Roland Caskey demeura illettré jusqu'à sa mort, mais il pouvait évaluer d'un seul coup d'œil le volume de bois qu'un terrain de vingt mille mètres carrés pouvait produire au stère près. En outre, il avait eu le bon sens d'épouser une femme intelligente. Elvennia Caskey lui avait donné deux fils et une fille. Leur fille était morte, mordue par un serpent d'eau qui s'était glissé jusqu'à leur pelouse depuis la Perdido, mais leurs deux fils avaient grandi sans encombre. Grâce aux efforts de leur mère, ils étaient bien éduqués, avaient de bonnes manières et faisaient preuve d'une grande sensibilité. Roland se plaignait d'ailleurs du « sceau de la féminité » sous lequel était né son fils aîné James et qui, à ses yeux, le rendait précieux et efféminé.

Lorsque Roland Caskey s'était installé dans la région, les comtés de Baldwin et d'Escambia étaient une contrée sauvage envahie par les pins, et il semblait impensable que le bois vienne jamais à manquer. Or, il avait suffi de trois scieries tournant à plein régime pour que la déforestation se fasse sentir. L'utilisation croissante de la résine et de la térébenthine ne fit qu'empirer la situation, car alors des braconniers se mirent à « saigner » des milliers d'arbres. Une fois asséché, un arbre ne valait plus la peine d'être coupé. La forêt autour de Perdido se dégarnit et la lande environnante se fit moins dense à mesure que les arbres secs mouraient et chutaient aux premiers orages de printemps. Roland pesta amèrement lorsque le secrétaire de l'Intérieur proposa des lois strictes pour la préservation des forêts et qu'il demanda un sérieux renforcement de la législation.

Dans son testament, Roland Caskey divisa les parts de son entreprise à égalité entre sa femme et son plus jeune fils, Randolph, ne laissant qu'une petite rente annuelle à James. En préambule du document, il déclarait qu'il ne pourrait reposer en paix dans sa tombe sachant que son empire forestier se trouvait entre les mains d'un homme marqué du fameux sceau de la féminité. Le lendemain de l'exécution du testament, Elvennia avait cédé la totalité de ses parts à son fils déshérité. Ce ne fut néanmoins pas pour ce seul acte de générosité que James resta auprès de sa mère jusqu'à sa mort, veillant inlassablement sur elle au cours des longues années de sénilité et de déchéance physique. L'idée de se marier ne lui inspirait rien d'autre que du dégoût.

Lorsque James et Randolph, d'un accord rarement observé entre frères, reprirent la direction de la scierie, ils se mirent à acheter toutes les terres disponibles autour de Perdido. Leur père et les autres propriétaires des scieries avaient jugé que l'achat de terrain boisé n'était qu'une perte inutile de capitaux ; il était plus économique de payer aux propriétaires terriens le droit de couper leur bois. Partout on s'étonna de la politique d'acquisition de Randolph et James, lesquels devinrent la risée générale. Ils persistèrent néanmoins. Une fois la terre achetée, ils faisaient couper les arbres qui s'y trouvaient et en replantaient aussitôt. Moins de cinq ans plus tard, les Turk et les DeBordenave reconnaissaient le bon sens de leur stratégie et les imitèrent. Lorsqu'il n'y eut plus le moindre stère à acheter, la vieille scierie Puckett dut mettre la clé sous la porte.

Pendant vingt ans, les scieries DeBordenave et Turk restèrent à la traîne par rapport à celle des Caskey. Parfois les DeBordenave faisaient une meilleure année que les Turk, parfois c'était l'inverse. Les propriétaires étaient les seuls à connaître la valeur réelle de leur entreprise. Les Caskey possédaient le plus de terres, et ils en achetaient dès que l'occasion se présentait. Randolph mourut au cours des études de son fils, Oscar, à l'université de l'Alabama. Pendant deux ans, James dirigea tant bien que mal l'entreprise avant que son neveu ne rentre à Perdido et prenne la place laissée par son père. Encouragés par Mary-Love, James et Oscar n'hésitaient pas à acheter le moindre hectare de bois de pin même entouré de forêts appartenant aux Turk. Si les plus petites scieries exploitaient désormais les deuxièmes ou troisièmes reboisements des terres des Caskey, eux possédaient encore de la forêt primaire, chose rare dans la région.

Bien que Mary-Love et James détiennent la scierie et les terres, c'est Oscar qui dirigeait les opérations. James se rendait tous les jours à son bureau où il s'occupait comme il pouvait, principalement pour ce qui concernait le courrier, mais ses efforts étaient pour la plupart superflus. Le même travail aurait pu être fait par un employé pour deux mille dollars par an. En revanche, jamais la compagnie n'aurait pu tourner sans

Oscar. Pourtant, malgré la peine qu'il se donnait et les heures qu'il y passait, il n'avait pas plus d'argent que la pauvre Sister qui, comme tout le monde le savait, ne possédait rien.

Ceux qui, en ville, ignoraient la situation de la famille, regardaient leurs trois demeures et tiraient des conclusions hâtives du fait qu'Elinor et Oscar vivaient dans la plus vaste et la plus neuve d'entre elles. Et puisqu'il était de notoriété publique que sans le travail d'Oscar la scierie ferait banqueroute en un rien de temps, chacun s'imaginait qu'il détenait une part substantielle de l'empire Caskey. Ce qui était faux. Oscar et Elinor ne possédaient même pas la maison dans laquelle ils habitaient. Certes, Mary-Love leur en avait fait cadeau, mais elle ne s'était jamais donné la peine de signer l'acte de propriété. Lorsque Elinor avait incité Oscar à mentionner cet oubli à sa mère, cette dernière, vexée, avait répondu : « Elinor et toi, vous pensez que vous allez vous retrouver un jour à la rue ? Qui est-ce que je pourrais mettre dans cette maison à votre place ? Moi qui ne voulais pas que vous partiez quand vous habitiez au bout du couloir, tu penses réellement que je vais vous laisser aller plus loin que la porte à côté ? » Oscar avait répété à son épouse la réponse de Mary-Love, mais Elinor ne s'était pas laissé démonter aussi facilement. Elle avait renvoyé Oscar à sa mère qui, cette fois, s'était mise en colère : « Oscar ! Elinor et toi hériterez de cette maison à ma mort ! Tu veux que je te montre le testament ? Vous ne pouvez même pas attendre que je sois morte ? » Oscar avait refusé d'évoquer à nouveau le sujet, au grand dam d'Elinor.

Les habitants de Perdido auraient été surpris du salaire modeste que percevait Oscar. Celui-ci s'en était un jour plaint à James, lequel avait plaidé la cause de son neveu auprès de sa belle-sœur.

« De quoi est-ce qu'ils ont besoin ? Dis-moi, James, j'irai l'acheter sur-le-champ et je demanderai à Bray de le leur déposer sur le pas de la porte.

— Mary-Love, ce n'est pas de ça qu'il s'agit, avait-il répondu. Ils n'ont pas besoin de meubles, d'une nouvelle voiture ou de choses de ce genre. Elinor a besoin d'argent pour faire les courses au quotidien, ou pour payer le charbon en hiver. La semaine dernière, Oscar a commandé un jeu de dominos en ivoire, et quand ils sont venus le livrer il a dû m'emprunter dix dollars pour pouvoir les régler. Je pense qu'on devrait donner un peu plus d'argent à Oscar. Tu sais comme moi qu'il le mérite.

— Dis à Oscar qu'il vienne me voir, et je donnerai à mon fils tout ce qu'il veut. Dis à Elinor de frapper à ma porte et le moindre de ses désirs sera satisfait. »

Mary-Love aimait s'imaginer en mécène de la famille, prodiguant sans relâche et à longueur de journée richesses et largesses. Elle s'estimait largement récompensée par la gratitude de ses enfants ; et dans le cas où, à ses yeux, celle-ci ne serait pas suffisante, elle pouvait sévir. Il était aisé de maintenir Sister dans une position de servitude car, Mary-Love en était persuadée, elle n'avait aucune chance de se marier et de gagner de l'argent par ses propres moyens. Sa fille ne quitterait jamais Perdido, la maison familiale et la fervente étreinte de sa mère. En se précipitant pour nouer son destin à celui d'Elinor, Oscar avait sectionné en partie le cordon émotionnel qui le rattachait à Mary-Love. Néanmoins, les liens financiers demeuraient forts entre la mère et son fils, ou du moins, ils le resteraient tant que Mary-Love en déciderait ainsi. La bienfaitrice ne laisserait pas son fils échapper à sa générosité.

Elinor voyait clair dans cette situation et l'expliqua à son mari.

« Tu as sûrement raison, Elinor, répondit Oscar. D'ailleurs, ça ne m'étonnerait pas de maman. Pauvre Sister, aussi. Mais qu'est-ce que je peux y faire ?

— Tu peux te révolter. Tu peux menacer ta mère de laisser tomber la scierie si elle ne te donne pas un salaire décent. Tu peux lui dire que toi et moi, on va faire nos valises et emménager à Bayou La Batre dès demain, et qu'une fois installés je reviendrai chercher Miriam. Voilà ce que tu peux faire.

— Voyons, c'est impossible. Et puis maman ne

me croirait pas. Elle saurait que je bluffe. De toute façon, qu'est-ce qu'on pourrait bien faire tous les deux à Bayou La Batre ? Je ne connais rien à la pêche à la crevette !

— Si ta mère et James te respectaient vraiment, ils te donneraient un tiers des intérêts de la scierie et ils partageraient avec toi les terres Caskey ! »

À cette pensée, Oscar émit un sifflement.

« N'empêche, ils ne le feront jamais.

— Peut-être pas tout de suite. Mais puisque tu ne veux rien faire, ce sera à moi de m'en occuper...

— Comment ? demanda Oscar, mal à l'aise.

— Je ne sais pas encore. Mais laisse-moi te dire une chose, Oscar, je ne reculerai devant rien pour que tu obtiennes la place que tu mérites.

— Elinor, ne fais pas quelque chose que tu pourrais regretter. Et puis, on ne s'en sort pas si mal, je trouve.

— Pas aussi bien qu'on le devrait, Oscar. Tu sais, je n'ai pas épousé n'importe qui. Mon père disait toujours qu'il aimerait rencontrer l'homme que j'aurais choisi comme mari. Ma mère disait qu'il devrait être extrêmement puissant ou extrêmement riche.

— Alors ton père et ta mère seraient déçus, rit Oscar. Je n'ai aucun pouvoir, et pas la moindre fortune !

— Mon père et ma mère ne se trompaient jamais,

fit Elinor, mais les mots semblaient déplacés dans sa bouche ; il faut dire qu'elle n'avait pas l'habitude de parler de ses parents. D'ailleurs, je compte leur prouver par tous les moyens qu'ils avaient raison. Oscar, tu crois réellement que je serais venue à Perdido si ça n'avait pas été dans le but d'épouser le meilleur parti de la ville ?

— Tu veux dire que tu t'es mariée avec moi uniquement parce que tu me croyais riche et puissant ? demanda Oscar, quoiqu'il n'ait pas l'air le moins du monde gêné par l'idée.

— Bien sûr que non. Tu sais pourquoi je me suis mariée avec toi. Mais je n'ai pas l'intention de te voir suer sang et eau à la scierie juste pour que James puisse s'acheter du cristal et de l'argenterie et que Madame Mary-Love puisse remplir son coffre-fort de diamants pendant que nous, on reste pauvres comme des rats d'église.

— Dans ce cas, dis-moi ce que je dois faire et je le ferai. Ça ne me déplairait pas d'avoir beaucoup d'argent.

— Parfait. Quand je te demanderai de sauter, tu le feras sans poser de questions ?

— Du haut d'une falaise, s'il le faut ! »

La folie des dominos avait récemment infecté la population masculine de la Géorgie, de l'Alabama et de la Floride. Perdido n'avait pas été épargnée.

L'épidémie sévissait avec virulence, et lors de la première poussée de fièvre, des parties s'étaient organisées chaque nuit dans toute la ville. Désormais la fièvre était retombée, mais beaucoup d'hommes continuaient à jouer régulièrement. Parmi ceux-là, il y avait James, Oscar, Tom DeBordenave et Henry Turk.

Tous les lundis et mercredis à dix-huit heures trente, les quatre hommes se réunissaient autour de la table rouge et carrée de la salle à manger d'Elinor. Ils étaient rejoints par trois autres joueurs : Leo Benquith, Warren Moye et Vernell Smith. Leo Benquith était le médecin le plus respecté de la ville. Warren Moye, un homme chétif et élégant, travaillait au guichet de l'*Osceola* ; il ne se déplaçait jamais sans son coussin, qu'il positionnait de chaise en chaise pour soulager la douleur provoquée par ses éternelles hémorroïdes. En d'autres temps, Vernell Smith aurait pu être un bouffon à la cour d'Espagne : il était jeune et incroyablement laid, avec un visage émacié qui évoquait aux fermiers du coin la tête d'un veau mort-né, sauf que celle de Vernell était affublée de grosses verrues d'où saillaient de longs poils drus.

Les lundis et mercredis soir, Elinor prenait garde de maintenir fermées les portes de la salle à manger car les hommes fumaient cigares et cigarettes, et la fumée aurait envahi la maison. Tous les lundis et mercredis après-midi, Zaddie décrochait les rideaux de la pièce afin qu'ils ne s'imprègnent pas de l'odeur du tabac. Au cours de la partie, les innombrables mégots étaient jetés dans un énorme compotier en verre aussi gros et rond qu'un aquarium à poisson rouge. Au bout de quelques heures, la pièce était à ce point enfumée que les yeux de Zaddie se mettaient à pleurer sitôt qu'elle entrait pour vider le compotier. Et puis il y avait le bruit. Les hommes grognaient et faisaient claquer les dominos sur la table. Le battage était assourdissant et résonnait dans toute la maison. À l'exception d'un occasionnel « *Merde!* », les hommes ne juraient néanmoins jamais. Tous sauf Vernell Smith étaient allés au catéchisme. Les histoires et anecdotes qu'ils s'échangeaient autour de la table au cours de la soirée ne différaient pas beaucoup de celles que les dames de Perdido se racontaient l'après-midi lors de leurs parties de bridge.

Ces soirs-là, Elinor et Zaddie s'installaient sous le porche ou dans la véranda à l'étage. Elinor cousait et Zaddie lisait. Bientôt, les épouses des joueurs prirent l'habitude d'accompagner leur mari et de passer la soirée en compagnie de la maîtresse de maison, ou bien de discuter avec elle au téléphone. Lorsque l'hôte était Manda Turk ou Caroline DeBordenave, Elinor montrait un intérêt insatiable pour les affaires de leurs maris, absorbant les moindres détails du commerce du bois que les deux femmes, peu au fait sur le sujet, parvenaient à évoquer. Manda et Caroline pensèrent qu'Elinor devait avoir une bonne raison de s'intéresser d'aussi près à la question, quoiqu'elle leur ait affirmé qu'il s'agissait de simple curiosité. Lorsque la partie de domino s'achevait, les femmes étaient déjà rentrées chez elle, et Elinor et Zaddie étaient allées se coucher.

Tandis qu'Oscar raccompagnait ses amis dehors et que l'on se souhaitait une bonne nuit, les hommes – à l'exception du timide James – se soulageaient contre le massif de fleurs d'Elinor. Oscar rentrait ensuite à la maison et d'une voix forte criait : « Zaddie, lève-toi et ferme les portes à clé ! » Oscar était un homme bon et juste, mais sa mère l'avait élevé à être paresseux – s'il y avait quoi que ce soit qu'une femme pouvait faire à sa place, il n'hésitait pas à le lui demander. Alors qu'il montait l'escalier d'un pas lourd, Zaddie ouvrait les fenêtres de la salle à manger, vidait le compotier dans le sable de la cour, verrouillait l'entrée, éteignait les lumières et retournait dans son petit réduit où, les yeux encore irrités par la fumée, elle s'allongeait sur son lit et dérivait dans le sommeil.

Un lundi soir, alors que les hommes jouaient aux dominos au rez-de-chaussée, Elinor et Caroline DeBordenave étaient installées dans la véranda. Le couffin de Frances était installé tout près, de façon à ce qu'elles puissent la surveiller tandis qu'elles se balançaient. Comme à son habitude, Elinor avait fait dévier la conversation sur le commerce du bois, et Caroline – sachant désormais l'intérêt de son hôtesse pour le sujet – était venue préparée. Au cours du dîner, elle avait longuement interrogé son mari qui, malgré sa surprise face à l'engouement soudain de sa femme pour des affaires qui ne l'avaient jamais intéressée jusque-là, avait répondu en détail à ses questions.

« Non, Elinor, dit Caroline en secouant la tête, les affaires de Tom ne vont pas bien. Je suis sûre que je ne t'apprends rien de nouveau, parce que Tom a dit que Henry Turk et Oscar étaient tous les deux au courant de ses problèmes. C'est étrange, Tom ne m'en avait jamais parlé à *moi*. Je suis tombée des nues ! C'est à cause de l'inondation. Tom a perdu toutes ses archives. Il dit se rappeler qu'il avait presque cent mille dollars de... fit Caroline avant de s'interrompre, incapable de se souvenir du terme que son mari avait employé.

— De créances ? suggéra Elinor.

— C'est ça. »

Son ton badin laissait entendre qu'elle discutait d'un sujet sans importance, qui ne saurait avoir de conséquences sur elle ou sur sa vie. Pour Caroline, les scieries étaient l'affaire des hommes. Elle n'imaginait pas que cela puisse jamais interférer avec l'argent que Tom lui versait chaque mois pour gérer la maison et acheter des vêtements ; du moment que son époux subvenait à ses besoins, il pouvait faire ce que bon lui semblait avec le reste.

« Tu comprends Elinor, le problème c'est non seulement qu'il a perdu cet argent, mais aussi tout le bois qui était entreposé dans la scierie, *plus* celui qu'il avait stocké chez Monsieur Madsen, parce que sa grange a été emportée par la crue, elle aussi. Et puis il a fallu remplacer une grande partie des machines, qui s'étaient enrayées à cause de la boue, et maintenant il n'y a plus d'argent. Tom dit qu'il ignore s'il va s'en sortir.

— Il ne peut pas faire un emprunt ?

— Pas vraiment, répondit Caroline avec une pointe de fierté pour avoir songé à poser la question à son mari. Il est allé à la banque de Mobile et les a suppliés de lui prêter de quoi remettre sur pied la scierie, mais le directeur lui a dit : "Monsieur DeBordenave, comment pouvons-nous être sûrs qu'il n'y aura pas de nouvelle crue ?"

— Il n'y en aura pas, fit Elinor d'un ton catégorique.

— J'aimerais te croire. J'ai dû jeter mes plus beaux tapis. Je n'ai jamais été aussi malheureuse de toute ma vie. Quoi qu'il en soit, Tom a dit qu'aucune banque ne lui prêterait d'argent de peur qu'une inondation ne détruise tout à nouveau.

— Alors il n'aura jamais d'argent ?

— Oui et non. Les banques assurent qu'elles lui en prêteront une fois que la digue aura été construite, mais pas avant. C'est pourquoi Tom est si anxieux que le projet aboutisse. Il espère juste qu'il pourra tenir jusque-là. Je l'espère aussi de tout mon cœur, conclut Caroline d'un ton pensif. Quand Tom se fait du souci au sujet de la scierie, plus rien n'a d'importance à ses yeux. »

Après le départ de Caroline, Elinor resta dans la véranda avec Frances et, contrairement à ses habitudes, attendit qu'Oscar finisse sa partie. Lorsqu'il monta l'escalier, elle lui demanda de la rejoindre.

« Oscar, Caroline me racontait que Tom a des difficultés pour emprunter aux banques.

— Euh, c'est vrai, hésita Oscar. En vérité, on en a tous. Personne ne nous prêtera d'argent tant que la digue n'aura pas été construite.

— Qu'est-ce qui se passerait si elle ne l'était jamais ? »

Oscar s'assit à côté de sa femme.

« Ça t'intéresse vraiment ?

— Évidemment !

— Eh bien, je suppose que le pauvre Tom mettrait la clé sous la porte, dit Oscar en se renfonçant dans le siège à bascule, les mains croisées derrière la tête.

— Et nous ?

— J'imagine que ça irait. Pour un temps.

— Ça irait ? C'est tout ?

— Elinor, ce qu'on essaie de faire en ce moment, c'est rattraper ce qu'on a perdu durant l'inondation. Mais si on veut vraiment générer du profit, il va falloir se développer. Et impossible de faire ça sans argent. Aucune banque dans cet État – ni dans un autre, d'ailleurs – ne nous fera de prêt avant que la digue soit finie. C'est pour ça qu'on travaille si dur à ce projet. Tu comprends, maintenant ? »

Elinor hocha lentement la tête.

« Je suis mort de fatigue, reprit-il. Tu viens te coucher ?

— Pas encore. Vas-y, je te rejoins plus tard. »

Oscar se leva, se pencha au-dessus du berceau et déposa un baiser sur la joue de Frances, avant de rentrer dans la maison.

Longtemps après qu'il se fut déshabillé, agenouillé au pied du lit pour sa prière du soir et couché, sombrant dans un sommeil aussi profond que celui de sa fille, Elinor resta éveillée. Elle se balançait doucement, les yeux perdus dans l'obscurité. Dans la nuit noire, la brise légère berçait les chênes d'eau. Quelques branches pourries, couvertes de mousse sèche, laissaient choir des brindilles et des feuilles, ou parfois, dans un craquement sourd, chutaient entières sur le sol sablonneux. Par-delà coulait la Perdido, sombre et fangeuse, charriant dans un gargouillis tumultueux et inexorable des choses mortes ou luttant pour rester en vie, vers le vortex au centre de la confluence.

L'ÉTÉ

Et puis ce fut l'été. Elinor continuait de mettre en perspective le minuscule salaire de son époux face à l'immense fortune des Caskey. Tous les matins, Sister ouvrait la porte de service et jetait un œil au monticule de sable désormais à peine visible sous lequel était enterré le poulet éviscéré, se demandant quand Early Haskew allait se déclarer, ou à l'inverse, quand il allait mourir. La mine sombre, James poussait des soupirs et tentait en vain de mesurer l'étendue de sa solitude. Mary-Love scrutait avidement les progrès de l'ingénieur sur les plans de la digue, anticipant avec une joie maligne les effets que le chantier aurait sur sa belle-fille. Tous les matins, le râteau de Zaddie ornait de motifs complexes la cour qui ceignait la propriété des Caskey.

Seuls les enfants aiment véritablement l'été, car bien sûr il n'y a pas école. Les journées sont longues, et jamais interrompues par les heures, les devoirs ou les sonneries. Il était étrange pour Grace Caskey que chaque été soit différent du précédent et possède sa propre personnalité. Elle avait passé le précédent à jouer avec les enfants Moye, et voilà qu'à présent elle ne les voyait plus qu'une fois par semaine, au catéchisme. Bray l'avait aussi conduite chaque jour à Lake Pinchona, où le plus gros puits artésien de l'État alimentait une piscine aux rebords en béton. Dans une cage en fer, un singe lui mordillait les doigts quand elle les passait à travers le grillage. Cette année, elle n'y était allée qu'une fois, alors même qu'une piste de danse sur pilotis avait été construite au-dessus du lac. Les propriétaires de la base de loisirs avaient peuplé ce plan d'eau peu profond et boueux d'alligators importés des Everglades, à la fois pour le décorum et pour décourager les baigneurs de nager ailleurs que dans la piscine surveillée.

Cet été 1922 fut dévolu à Zaddie. Elle fascinait Grace. Elle vénérait la jeune fille de treize ans et la suivait comme son ombre toute la journée, refusant de la quitter des yeux un seul instant. Le matin, elle l'aidait à ratisser les coins de la cour qui ne donnaient pas sur les fenêtres de Mary-Love, car cette dernière désapprouvait que sa nièce aide les domestiques. Lorsque Zaddie avait fini son travail, Grace allait chez Elinor où Roxie, autorisée par James à se mettre partiellement au service du ménage, leur préparait à déjeuner. Grace s'estimait incroyablement privilégiée de manger dans la cuisine avec Roxie et Zaddie, et rechignait à prendre place dans la salle à manger en compagnie d'Oscar et Elinor. Après le déjeuner, Oscar offrait une pièce à chacune des filles afin qu'elles puissent acheter ce qu'elles voulaient au *Ben Franklin*. Elles partaient alors main dans la main jusqu'au centre-ville, puis regardaient chaque article du magasin avec une telle intensité qu'elles finirent par mieux connaître le stock que le propriétaire lui-même. Elles achetaient chacune avec leur argent quelques babioles qu'elles mettaient ensuite dans un même sac. Une fois à la maison, elles sortaient leurs achats et les examinaient avec minutie. Elles se les échangeaient pour mieux en observer les détails, puis elles emballaient celui qu'elles préféraient dans du papier coloré et se l'offraient en cadeau. Enfin, elles rangeaient le tout parmi cent autres fragiles bonheurs, dans un coffret en bois qu'elles gardaient sous le porche à l'arrière de la maison d'Elinor.

Ce porche dépourvu de moustiquaire, qu'on appelait « la tonnelle » en raison des treillis en bois qui l'habillaient, était long, haut de plafond, ombragé et frais même au plus fort de l'été. Comme le reste de la maison, il était surélevé par rapport au terrain, si bien que les rares courants d'air non seulement le traversaient mais passaient aussi dessous. L'une des fenêtres de la minuscule chambre de Zaddie donnait sur ce porche. À l'aide du lit d'appoint de Zaddie côté maison et d'une vieille chaise cassée côté tonnelle, les fillettes jouaient à aller et venir entre les deux.

Ce fut dans la fraîcheur de ce lieu que Zaddie et Grace inventèrent et perfectionnèrent mille et un jeux dont les règles complexes, connues d'elles seules, variaient selon leur utilisation de l'espace et du mobilier. Grace y passait tellement de temps, y compris pour ses repas, que Mary-Love se plaignit à James qu'elle avait emménagé chez Elinor, qu'elle l'embêtait et réveillait Frances. Comment pouvait-elle savoir ces choses, puisque toute communication entre les deux foyers avait été symboliquement coupée ? Mary-Love ne prit pas la peine de se justifier. James lui répondit simplement : « Grace se sent seule depuis la mort de sa mère. Et ne compte pas sur moi pour lui interdire quoi que ce soit qui la rende heureuse. »

Mary-Love vivait comme un affront que sa nièce tire un tel plaisir de la compagnie d'une domestique noire de treize ans, qui plus est dans la maison d'Elinor. C'est pourquoi elle décida, contre l'avis de James, de détruire ce bonheur. Ainsi, Grace apprendrait que seule Mary-Love était source de joie au sein de la famille Caskey.

Tom et Caroline DeBordenave avaient deux enfants. L'aînée, une jeune fille de quinze ans, était jolie, populaire et intelligente. Elle s'appelait Elizabeth Ann. Le garçon, John Robert, avait quatre ans de moins et certains problèmes. John Robert, pensait-on, avait de la chance d'être né dans une famille où l'on pouvait prendre soin de lui, car de toute évidence il ne serait jamais capable de le faire par lui-même. C'était un enfant doux et calme, mais simple d'esprit. À l'école, il avait trois classes de retard, c'est-à-dire qu'il passait en général deux ans au même niveau, et même là, il était largement en dessous de ses camarades. On le faisait passer à la classe supérieure non parce qu'il le méritait, mais parce que le garder plus longtemps aurait été cruel. Assis au dernier rang, il avait le droit de dessiner toute la journée, peu importe ce que le reste de la classe faisait. On ne lui demandait jamais de répondre à une question ou de lire à voix haute ; lorsque les autres étaient en contrôle, John Robert ouvrait son cahier et, penché dessus, faisait semblant de passer lui aussi l'examen. À la récréation, il ne jouait pas aux jeux compliqués des autres garçons car son esprit embrumé n'en comprenait jamais tout à fait les règles, et il manquait de coordination pour sauter à la corde avec les filles. Ce qui n'empêchait pas sa mère Caroline de remplir chaque matin ses poches de bonbons, aussi John Robert était-il pour quelques minutes, avant d'entrer en classe, très populaire. Garçons et filles l'entouraient, lui faisaient des chatouilles, l'interpellaient, puis lui vidaient les poches jusqu'à ce qu'il ne reste plus un bonbon à se mettre sous la dent. Alors les enfants retournaient à leurs jeux, laissant John Robert seul et triste sur le banc à côté de l'institutrice. D'autres fois, de meilleure humeur, il frappait la brosse du tableau contre le mur de l'école jusqu'à ce que les briques et lui-même soient couverts de craie.

John Robert était néanmoins heureux à l'école, car même s'il ne participait pas aux activités de ses bouillonnants camarades, il était constamment entouré du crépitement machinal de leurs travaux et de leurs jeux. S'il se sentait parfois isolé, il n'était jamais seul. L'été néanmoins, John Robert était oublié de tous. Sa mère avait beau remplir ses poches de sucreries, c'était un poids mort qu'il traînait avec lui tout au long de la journée. Lorsque venait l'heure du dîner, les chocolats et les bonbons avaient fondu en un magma poisseux et peu ragoûtant. Elizabeth Ann lui faisait parfois la lecture, assise sur la balancelle du porche. Il restait debout à côté, son avant-bras posé sur l'accoudoir si bien qu'une partie de son corps suivait le mouvement de va-et-vient. La proximité de la voix d'Elizabeth Ann était rassurante, mais le sens des mots qu'elle égrenait demeurait un parfait mystère.

Cet été-là, il fut plus seul que jamais. Avec la bicyclette qu'elle avait reçue à Noël, Elizabeth

Ann allait tous les jours à Lake Pinchona, où elle prenait des leçons de plongée avec un garçon suffisamment âgé pour s'engager dans l'armée. Elle donnait aussi à manger au singe, et quelquefois se penchait par les fenêtres du dancing pour jeter des bouts de pain rassis parmi la multitude de nénuphars, dans l'espoir d'attirer l'attention des alligators qui nageaient paresseusement entre les pilotis.

John Robert n'avait pas le droit de monter sur un vélo – il se ferait renverser – et il n'avait pas le droit d'aller à Lake Pinchona – il tomberait dans la piscine et se noierait, ou bien basculerait par l'une des fenêtres du dancing droit dans les lis d'eau, où les alligators étaient à l'affût de mets plus juteux que les morceaux de pain de sa sœur. Aussi John Robert restait-il chez lui, assis toute la journée sur les marches du porche, les yeux plissés face au soleil aveuglant, les poches pleines de bonbons fondus, dans l'attente toujours déçue de voir un enfant courir vers lui, appeler son nom, lui chatouiller les côtes et lui vider les poches.

Un jour, Mary-Love téléphona à Caroline DeBordenave et lui dit :

« Caroline, ton garçon se sent seul. Je le vois rester assis des heures entières sur les marches devant chez toi, malheureux comme les pierres. Je vais demander à la petite de James de lui tenir compagnie.

— Ce serait formidable, soupira Caroline. Sans l'école, John Robert ne sait pas quoi faire de lui. Tous les étés, c'est la même chose. Je suppose que certaines personnes sont plus sensibles que d'autres à la chaleur. »

Le meilleur moyen qu'avait trouvé Caroline de faire face au handicap mental de son fils était de ne pas y faire face du tout. Elle attribuait son silence, ses absences et ses nombreuses incapacités à tout sauf à un déficit intellectuel. Pourtant, elle avait beau nier ce handicap, ce n'était pas sans raison qu'elle remplissait tous les jours ses poches.

Le lendemain matin, alors que Zaddie et Grace commençaient une nouvelle journée de jeux dans la tonnelle, le téléphone sonna et Elinor apparut quelques minutes plus tard.

« Grace, Madame Mary-Love veut que tu ailles chez elle immédiatement. »

Ce que fit Grace – abasourdie et perplexe car elle ne se rappelait pas la dernière fois qu'elle avait été convoquée ainsi. Mary-Love l'attendait au salon avec la compagnie surprise de John Robert DeBordenave, assis à ses côtés sur le canapé, en costume léger jaune flambant neuf de la poche duquel une douzaine de sucres d'orge à la menthe dépassaient.

« Grace, dit Mary-Love, j'ai invité John Robert à jouer avec toi.

— Comment ça ?

— John Robert et toi allez bien vous amuser cet été, j'en suis convaincue. »

Grace lança un regard noir au petit garçon qui souriait timidement en triturant d'abord un bouton sur son costume, puis une croûte à son genou, manquant de les arracher l'un comme l'autre.

« Je n'ai pas l'impression que tes amis de d'habitude soient là pour jouer avec toi, Grace, et lorsque j'ai mentionné ça à Caroline, elle m'a répondu que John Robert était tout seul lui aussi ! C'est pourquoi nous avons décidé que lui et toi, vous alliez passer le reste de l'été ensemble. Vous allez vous amuser comme des fous ! »

Grace commençait à comprendre.

« Je ne suis pas seule, protesta-t-elle. J'ai Zaddie avec moi !

— Zaddie est une petite Noire, objecta Mary-Love. Tu peux t'amuser avec elle de temps en temps, mais en aucun cas elle ne saurait devenir ton amie. John Robert peut être ton *vrai* ami. »

Grace sentit souffler un vent d'injustice, mais avant qu'elle puisse mettre le doigt dessus, Mary-Love avait déjà repris la parole.

« Maintenant je veux que vous alliez jouer ensemble. J'enverrai Ivey vous chercher quand ce sera l'heure de manger. À partir d'aujourd'hui, John Robert et toi déjeunerez tous les jours avec moi. »

Ce n'est pas que Grace n'aimait pas John Robert. Il lui faisait de la peine, si bien qu'elle s'efforçait toujours d'être gentille avec lui à l'école, en lui demandant par exemple la permission avant de piocher dans ses poches. Mais c'était un garçon, et en plus son cerveau n'était pas normal. Jamais elle ne pourrait l'aimer comme elle aimait Zaddie.

« Très bien, ma tante, répondit sournoisement Grace. Je vais emmener John Robert chez Elinor et on jouera dans la tonnelle.

— Hors de question. Vous jouerez dans cette maison ou dans celle de John Robert. Mais vous n'irez pas chez Elinor, je ne veux pas que vous la dérangiez, et je ne veux pas que vous dérangiez son bébé.

— On peut jouer chez moi ?

— *Pourrions-nous* jouer chez moi, la reprit Mary-Love. Non, vous ne le pouvez pas. Il n'y a personne pour vous surveiller là-bas.

— Je n'ai pas besoin qu'on me surveille ! »

Sans rien dire, Mary-Love lança un regard en coin à John Robert. Grace comprit parfaitement ce que ce silence et ce regard signifiaient, mais elle refusait d'entrer dans le jeu de sa tante.

« Très bien, dit Grace d'un ton maussade. Mais d'abord il faut que j'aille prévenir Zaddie que je ne reviendrai pas ce matin.

— Non, tu n'en feras rien. Je ne vois pas pourquoi tu te justifierais auprès d'une domestique embauchée pour tout autre chose que passer son été à jouer dehors. Alors, John Robert, que penses-tu que Grace et toi allez faire ce matin ? »

Étonné, John Robert fouilla le salon des yeux, réalisant pour la première fois – et encore, vaguement – que le costume neuf, la visite forcée, la présence de Grace et la conversation entre la petite fille et Mary-Love avaient tous un rapport avec lui.

Cet été-là, Mary-Love aurait pu définitivement briser l'amitié entre Grace et Zaddie, eût-elle déployé des trésors de vigilance, mais elle n'avait ni le temps ni l'envie de s'épuiser dans cette guerre-là. Elle choisit plutôt d'imaginer avoir terrassé l'ennemi d'un seul coup fatal. C'était compter sans la profondeur de l'affection que Grace vouait à Zaddie. La petite fille réussit à contourner l'interdiction de Mary-Love, de même qu'elle réussit à rendre moins pesante l'éternelle présence de John Robert.

D'abord, elle alla trouver Elinor et lui raconta ce qui s'était passé. Elinor ne dit rien, mais à voir l'expression sur son visage, il était évident qu'elle prenait le parti de Grace et Zaddie.

« Tu peux venir ici autant que tu veux, finit-elle par répondre. Et tu peux aussi emmener John Robert. Mais Caroline DeBordenave fait une grave erreur en confiant son enfant qui n'a pas l'esprit clair à une fillette de dix ans. »

Zaddie et Grace continuèrent donc à passer leurs après-midi ensemble, mais la présence de John Robert en déséquilibrait la perfection. Jusque-là, les deux fillettes l'avaient toujours traité avec indulgence ; il était déjà arrivé à Zaddie de garder un œil sur lui le lundi après-midi pendant la partie de bridge de Caroline. Mais à présent, elles commençaient à l'avoir en horreur – on les forçait à le supporter tous les jours, des heures entières. Sa conversation se limitait presque exclusivement à des gestes de pantomimes et à un ou deux rares mots qu'il lui fallait toujours répéter au moins trois fois pour être compris. En outre, bien que n'ayant pas la moindre idée des jeux raffinés auxquels elles se livraient, il s'obstinait, de sa façon désordonnée, à vouloir y participer. Du ressentiment à la cruauté, il n'y avait qu'un seul pas.

Grace se mit à tourmenter le garçon. John Robert ne comprenait peut-être pas les moqueries, il n'en ressentait pas moins le mépris derrière celles-ci. Grace prenait les bonbons dans sa poche, les lui fourrait dans la bouche et l'obligeait à les avaler tout rond. Elle renversait délibérément du lait et du thé glacé sur ses vêtements neufs, avant de s'écrier : « Comme tu es maladroit, John Robert DeBordenave ! » S'il cassait l'un de ses trésors achetés au *Ben Franklin* – ce qu'il ne manquait pas de faire dès lors qu'il en ramassait un –, elle le lui arrachait des mains et lui jetait au visage. Grace ne disait jamais : « C'est pas grave, tu l'as pas fait exprès », lorsque, silencieusement, il se mettait à sangloter. Elle ignorait de quel handicap souffrait le pauvre garçon et ne voyait que son exaspérante lenteur. Cette suffocante présence n'était, à ses yeux, que l'instrument par lequel sa tante cherchait à la séparer de Zaddie. Si Grace eut jamais honte des cruautés qu'elle lui infligeait, elle n'en attribuait le blâme qu'à Mary-Love.

Un jour, alors que, debout au seuil de la tonnelle, John Robert fixait d'un œil vide la Perdido, Grace courut derrière lui et, sans réfléchir aux conséquences de son geste, le poussa violemment en bas de l'escalier.

Il bascula en avant, et son crâne heurta le coin de la dernière marche. Lorsque Grace lui souleva la tête, du sang coulait de la plaie, nourrissant l'un des sillons du jardin de sable.

Alertée par les cris hystériques de la fillette, Elinor appela le docteur Benquith. John Robert reprit connaissance et fut ausculté, on lui posa un bandage, puis Bray le porta jusque chez lui. Grace, en larmes, courait derrière le domestique en criant : « Il est tombé dans l'escalier et a roulé tout en bas des marches ! »

Il ne faisait aucun doute pour Grace que tout le monde savait qu'elle l'avait poussé. Mais sa tante dit seulement : « Comment as-tu pu laisser arriver une chose pareille ? Pourquoi ne le surveillais-tu pas ? Tu sais pourtant que ce garçon n'a pas assez de jugeote pour s'abriter de la pluie ! »

Au départ, Grace fut soulagée de ne pas avoir été démasquée ; il valait mieux être coupable de négligence que de meurtre. Mais, les jours passant, elle découvrit qu'à défaut d'être jugée pour son crime, il lui fallait garder pour elle sa culpabilité. Elle devint maussade et déprimée, perdit l'appétit, et ses nuits se peuplèrent de cauchemars. James s'inquiétait pour elle. Mary-Love déclara : « Elle fait bien de se sentir coupable, le malheureux aurait pu mourir ! Comment se serait-elle sentie alors ? Comment nous serions-nous tous sentis ? »

Elinor fit venir Grace un après-midi. Assise sur la balancelle de la véranda, elle demanda à la petite fille, debout à côté d'elle : « Tu te sens mal à cause de John Robert, n'est-ce pas ? »

Grace acquiesça lentement.

« Oui. Il va mourir ?

— Bien sûr que non ! Qui t'a mis ça en tête ?

— Tante Mary-Love dit que c'est possible. Elle dit que s'il meurt ça sera de ma faute ! »

Se mordillant la lèvre, Elinor jeta un regard par-dessus l'épaule de Grace, en direction de la maison voisine.

« John Robert ne va pas mourir, reprit-elle. Et même s'il mourait, ça ne serait en aucun cas de ta faute. Tu m'as bien comprise ? »

Grace se mit à trembler et à son tour se mordit la lèvre, avant de fondre en larmes et d'enfouir sa tête dans les genoux d'Elinor.

« Si, ça serait de ma faute ! sanglota-t-elle. Je l'ai poussé !

— Oh… dit doucement Elinor. Je vois… »

Sans ôter la tête de l'enfant de ses genoux, elle la rapprocha et l'assit à ses côtés sur la balancelle. Grace pleura encore quelques minutes, puis elle se redressa, les yeux gonflés et rougis.

« Bien, dis-moi ce qui est arrivé », dit Elinor, et Grace lui raconta.

« Tu ne sais pas pourquoi tu as fait ça ? demanda-t-elle une fois que le récit fut achevé.

— Non. En plus j'aime bien John Robert. C'est juste que je ne veux pas m'occuper de lui tout le temps. Des fois, Zaddie et moi on a envie d'être toutes seules ! »

Grace resta longtemps auprès d'Elinor, apaisée d'avoir ouvert son cœur. Lorsque enfin cette dernière se leva, elle déclara :

« Je vais aller parler à Caroline DeBordenave.

— Tu vas lui dire que j'ai poussé John Robert ? s'alarma Grace dans un accès de terreur et de culpabilité.

— Non. Je vais lui dire que ce n'est *pas* de ta faute si John Robert est tombé, que nous sommes tous désolés que ça soit arrivé, mais que ce n'était pas ton rôle de le surveiller tout l'été. Tu es trop jeune pour endosser ce type de responsabilité. Si elle avait voulu qu'on veille sur son fils, il fallait embaucher une domestique. Voilà ce que je vais lui dire. Je vais aussi lui dire combien tu te sens mal – même si tu n'es *pas* responsable de sa chute – et que tu demandes la permission de rendre visite à John Robert pour savoir comment il va. C'est bien ce que tu veux faire, n'est-ce pas ?

— Oh oui ! », s'écria Grace avec ardeur et honnêteté.

Caroline comprit parfaitement ce qu'Elinor lui disait, et même l'approuva.

« Seigneur, Elinor, quand Bray m'a amené John Robert et que j'ai vu tout ce sang, j'ai perdu la tête ! Je ne voulais pas claquer la porte au visage de Grace, c'est simplement que je n'avais plus les idées claires. Tom et moi sommes attachés à John Robert comme à la prunelle de nos yeux. S'il arrivait quoi que ce soit à notre garçon, j'ignore ce que nous deviendrions. Je crois que nous ferions nos valises et que nous partirions. Je ne pense pas que nous aurions le cœur à rester sans lui. »

Grace et Zaddie n'eurent plus à supporter la compagnie du garçon ni à en endosser la responsabilité. Avec l'intervention d'Elinor, la machination de Mary-Love avait tourné court.

LE CŒUR, LES MOTS, L'ACIER ET LA FUMÉE

Cet été-là, Sister maudit sa bêtise d'avoir permis à Ivey de les ensorceler, Early Haskew et elle. C'est avec un frémissement de honte qu'elle se rappelait avoir tourné autour de la table de la cuisine, un cœur de poulet sanguinolent à la main – les mots qu'elle lui avait récités, les broches dont elle l'avait transpercé, le feu où elle l'avait jeté. Elle priait pour que personne ne découvre jamais sa folle naïveté. Désormais, lorsqu'elle repensait à la scène, elle ne pouvait s'empêcher de voir une rangée de curieux à la fenêtre de la cuisine. Et ces curieux avaient des yeux qui suivaient le moindre de ses mouvements, des oreilles qui entendaient chacun de ses mots, et des bouches qui ébruitaient l'humiliant épisode dans toute la ville. Mais rien n'arriva. Les observations, même les plus suspicieuses, de Sister, ne décelèrent sur aucun visage qu'elle croisait dans la rue ni dans aucune voix qui la saluait chaque jour le signe que quiconque soit au courant. La pluie avait aplani le petit monticule de sable sous lequel étaient enterrés les restes du poulet sacrifié. Dorénavant, nul ne saurait jamais où il se trouvait.

Malgré son soulagement de n'avoir pas été découverte, elle était également déçue que le sort n'ait eu jusqu'à présent aucun effet. Lorsqu'elle était seule à la maison avec Early, Sister, vêtue d'une belle robe, s'installait sur le plus élégant canapé du petit salon – qu'on gardait d'habitude clos –, ostensiblement prête à accepter une demande en mariage. L'ingénieur, en passant devant elle, disait simplement : « Bon sang Sister, vous n'avez pas chaud là-dedans ? »

Poussant un soupir, elle se levait et refermait les portes du salon, puis elle montait dans sa chambre enfiler une tenue qui seyait moins au romantisme et davantage à la météo. Après plusieurs répétitions de la même scène, elle décida qu'un homme aussi direct qu'Early n'allait pas se laisser ferrer seulement avec des sortilèges et des manigances. Sister comprit qu'elle ne pouvait pas se contenter d'attendre : elle allait devoir forcer le destin. Elle n'avait peut-être pas l'expérience des hommes, mais Early Haskew – qui avait toujours vécu avec sa mère – ne devait pas avoir eu non plus beaucoup d'occasions d'aborder des jeunes femmes. Elle doutait qu'il ait jamais demandé quiconque en mariage ; si c'était bien le cas, pourquoi imaginer qu'il saurait reconnaître, quand il la voyait, l'attitude qui indique la « disponibilité » ?

Aussi, chaque fois qu'Early travaillait à son bureau, Sister s'attardait dans la pièce, sans tenter de dissimuler le fait qu'elle y musardait bel et bien. Lorsque Early sortait inspecter la rivière, ou parler à quelqu'un dont il allait falloir déplacer la remise, ou encore examiner un filon d'argile dans la forêt, elle le suppliait de la laisser l'accompagner.

« Early, j'aime votre compagnie, c'est tout », répondait-elle, avec le plus grand sérieux.

La tactique commença à porter ses fruits. Bientôt, Sister ne se donna plus la peine de demander. Quand elle le voyait passer la porte et grimper à bord de son auto, elle sautait sur la banquette arrière et disait : « Où est-ce qu'on va aujourd'hui ? À qui va-t-on parler, Early ? »

Et lorsqu'elle ne le voyait pas partir parce qu'elle était dans une autre partie de la maison, Early s'attardait devant la voiture jusqu'à ce qu'elle apparaisse à la fenêtre, et il lui criait : « Hé ! Sister, vous me faites attendre ! »

« Sister, tu importunes Early, disait Mary-Love tous les soirs au dîner, comme si l'ingénieur n'était pas assis à sa droite.

— Si Early ne veut pas que je le suive, qu'il me dise de rester à la maison.

— Au contraire, Madame Caskey, intervint-il. Sister m'est d'un grand secours.

— D'un grand secours ? Comment ? Je serais curieuse de le savoir.

— Eh bien, elle note les mesures à ma place. C'est elle qui porte mon carnet, comme ça j'ai les mains libres. Et puis elle connaît les gens. Sister, je parie que vous connaissez même toute la ville ! On va aller à Baptist Bottom ensemble parce que je vais avoir besoin de son aide. Cette façon qu'ont les Noirs ici de parler, des fois je ne comprends rien – par chez moi, à Pine Cone, ils ne parlent pas du tout pareil –, donc Sister va me traduire ce qu'ils disent.

— Sister vous fait perdre du temps, Early », dit Mary-Love qui avait fini par comprendre ce qui se tramait entre eux et comptait mettre un terme à leur badinage avant qu'il ne soit trop tard.

Tous les soirs, Mary-Love reprochait à Sister de faire peser un poids inutile sur le travail d'Early, de même qu'elle écartait les protestations de l'ingénieur comme étant dictées par la seule politesse. Et tous les soirs, elle ordonnait à sa fille de le laisser tranquille, à quoi celle-ci répondait avec un haussement d'épaules : « Maman, j'agis comme je le fais parce que je suis heureuse de le faire. Alors ne crois pas que je vais t'obéir juste parce que c'est ce que tu veux. » Mary-Love songea à demander à Early de quitter la maison, mais pour plusieurs raisons ne put s'y résoudre. D'une part, elle l'avait supplié de venir – ce que tout le monde en ville savait –, et puis, il devait avoir gardé les deux lettres qu'elle lui avait écrites, elle ne pouvait donc pas lui demander de s'en aller au risque d'écorner sa réputation. D'autre part, il était une écharde dans le cœur d'Elinor, et pour rien au monde Mary-Love ne l'aurait retirée. En fin de compte, elle opta pour une politique du laisser-faire, gageant que le manque d'expérience de Sister ferait inévitablement capoter leur flirt. Néanmoins, Mary-Love ne put se défaire de sa crainte d'un attachement croissant entre sa fille et Early Haskew.

Arriva le jour que Mary-Love redoutait et que sa fille avait tant espéré : celui où il s'avéra que Sister avait eu raison, et sa mère, tort.

C'était une journée d'août particulièrement chaude. Sister et Early étaient partis loin dans la campagne visiter une carrière d'argile, vers Dixie Landing, près du fleuve Alabama. Ils avaient laissé Bray et l'automobile devant la seule boutique du village. Équipés d'un panier de sandwichs et d'une bouteille de lait, ils s'engagèrent sur un minuscule sentier qui traversait une forêt de pins. Ils trouvèrent la carrière, et Sister s'assit sur un rocher en grès raisonnablement propre tandis qu'Early examinait le terrain, se couvrant au passage de poussière rouge et de saleté. « Ça n'ira pas », fut son jugement.

Après cette inspection, au lieu de retourner à la voiture, ils escaladèrent l'autre versant de la carrière et descendirent ensuite vers Brickyard Lake, un grand lac au centre d'une immense prairie verdoyante au bout de laquelle on apercevait les eaux grises de l'Alabama. Comparée à la rivière qu'ils distinguaient au loin et à celles qui sinuaient à travers Perdido, l'eau de Brickyard Lake était extraordinairement bleue et limpide. Un bosquet de cyprès solitaire se dressait aux abords du lac, et alors que Sister et Early s'y dirigeaient afin de pique-niquer à l'ombre, ils découvrirent que le sol était trop vaseux pour y déjeuner à l'aise, mais qu'un canot était amarré à l'un des arbres. Comme il est d'usage dans ce coin de l'Alabama, ils empruntèrent l'embarcation pour leur loisir.

« J'ai aussi fait des biscuits », dit Sister en montant dans la barque.

Early rama jusqu'au centre du lac. Un martin-pêcheur chanta sur la branche d'un cyprès, avant de piquer droit dans l'eau à moins de six mètres d'eux.

« Est-ce que je ronfle ? demanda subitement Early, après qu'ils eurent navigué plusieurs minutes en silence.

— Ah ça, oui, approuva énergiquement Sister.

— C'est ce que ma mère disait aussi. Est-ce que ça vous empêche de dormir ?

— Quelquefois. Mais ça ne me dérange pas. Je peux toujours faire une sieste dans l'après-midi.

— Vous dormez pourtant à l'autre bout du couloir.

— C'est vrai, dit Sister en lui tendant un sandwich. Mais une fois que vous êtes lancé, vous y allez plutôt fort. »

Early posa les rames et prit le sandwich. Sister n'avait pas eu le temps d'avaler une bouchée qu'il avait déjà fini le sien.

« Je mourais de faim.

— Il fallait me le dire. On aurait déjeuné plus tôt.

— Et si vous étiez dans la même chambre ? »

Sister resta interdite. Elle pencha la tête en signe d'incompréhension.

« Si nous étions dans la même chambre, reprit-il, vous seriez incapable de dormir à cause de mes ronflements. »

La pensée semblait le troubler.

Sister continua à manger.

« Alors, c'est non ? fit Early, menton baissé.

— Non quoi ?

— Non, vous ne voulez pas vous marier ? »

Sister avala sa dernière bouchée.

« Early Haskew, c'est donc ça que vous aviez en tête ?

— Oui. Qu'en pensez-vous ?

— Je pense que vos ronflements sont le cadet de mes soucis ! Papa ronflait tout le temps. Et ça fait vingt ans qu'il est mort. Ce que je veux dire, c'est que manifestement ça n'a pas fait de mal à maman, puisqu'elle lui a survécu.

— Donc, vous acceptez de m'épouser ? Sister, il reste encore un sandwich ? »

Le plaisir et l'excitation semblaient décupler l'appétit d'Early. Sister lui en sortit un autre du panier.

« À une condition, répondit-elle.

— Laquelle ?

— Que l'on ne vive pas avec maman.

— C'est pour ça que vous acceptez ma demande, pour vous éloigner de votre mère ? Madame Caskey s'est montrée très généreuse avec moi.

— Madame Caskey n'est pas votre mère. Early, j'accepte votre demande parce que je vous aime, et pour aucune autre raison. Mais vous n'imaginez pas combien ça me rendrait heureuse de laisser maman derrière moi. »

Early reprit les rames et fit trois fois le tour du lac. Il en aurait volontiers fait un quatrième mais Sister lui rappela que Bray devait sûrement s'inquiéter.

Sur le chemin du retour vers Dixie Landing, Sister ne put réprimer un sourire de fierté : elle, et elle seule, avait orchestré les fiançailles, et non Ivey ou l'un de ses sorts. Elle regrettait d'avoir douté de son propre pouvoir au point d'être allée chercher secours auprès de sa cuisinière.

Puis son sourire s'estompa. Elle comprit que, d'une certaine façon, le sortilège avait fonctionné. Ivey avait sacrifié une poule à laquelle elle avait arraché le cœur. Sister avait récité des mots au-dessus de ce cœur, elle l'avait embroché cinq fois, avait inhalé la fumée de sa crémation. À présent, elle était fiancée à Early Haskew. Comment pouvait-elle s'en attribuer seule le mérite ?

C'était peut-être grâce au cœur de la poule – en plus de l'acier, des mots et de la fumée brûlante – que le sortilège s'était réalisé.

Elle ne le saurait jamais.

QUEENIE

Early voulait annoncer le soir même à Mary-Love Caskey qu'il comptait épouser sa fille, mais Sister l'en dissuada.

« Maman va vous causer des soucis, enfin, elle va essayer.

— Pourquoi ? demanda Early avec candeur. Je croyais que votre mère m'appréciait.

— Bien sûr, mais pas comme gendre. Maman verrait d'un mauvais œil mon fiancé même s'il s'agissait du Christ en personne, et qu'il avait atterri devant sa porte avec des diamants plein les mains. Maman ne voudra jamais me laisser partir. C'est aussi simple que ça.

— Sister, les soucis ne me font pas peur. Et je suis assez grand pour faire face à votre mère. »

Revenant de Brickyard Lake, ils marchaient à travers bois pour rentrer à Dixie Landing, où Bray les attendait. Ils avaient passé des heures sur l'eau dans le canot d'emprunt, et à présent le soleil était bas sur l'horizon. Malgré la pénombre croissante, les rayons, perçant la cime des arbres, arrivaient à les aveugler tandis qu'ils avançaient main dans la main.

« Je n'en doute pas, Early. Là n'est pas la question. Je pense à la digue.

— Qu'est-ce que vous voulez dire ?

— Eh bien, il serait peut-être plus avisé pour vous de finir les plans et d'organiser les travaux avant de dire quoi que ce soit à maman. Parce qu'il y aura des soucis, c'est inévitable, vous ne pourrez pas finir votre travail comme vous le souhaitez. Et de toute manière, tant que ça ne sera pas fini on ne pourra pas partir en voyage de noces, n'est-ce pas ?

— Non, c'est certain », dit fermement Early, fier que sa fiancée fasse preuve d'autant de responsabilité, de pragmatisme et – quand on y songeait – d'un regard aussi *masculin* sur la situation.

Ainsi, gardèrent-ils pour eux leurs fiançailles. Sister confia néanmoins la nouvelle à Ivey. À son vif soulagement, celle-ci lui dit simplement être heureuse pour elle, sans faire mention du poulet enterré. La vie suivit son cours, si ce n'était que Sister, ayant obtenu ce qu'elle voulait, passait moins de temps avec Early. Mary-Love se rassura, imaginant une brouille entre eux. Sa fille, pensait-elle, avait enfin été découragée par l'indifférence d'Early à son égard.

L'ingénieur travaillait d'arrache-pied, sachant qu'une fois les plans achevés, il obtiendrait non seulement la prime que lui avait promise James Caskey, mais aussi la main de Sister. Au dos d'une revue achetée à la pharmacie, il trouva un coupon publicitaire pour un remède contre les ronflements, qu'il commanda aussitôt. Chaque jour, il guettait impatiemment sa livraison. Il se souvenait d'avoir entendu sa mère dire qu'elle avait failli quitter son père à cause de ses insupportables vrombissements nocturnes ; il était hors de question de risquer une pareille mésaventure lorsque Sister et lui partageraient le même lit.

À contrecœur, l'été céda petit à petit la place à l'automne. Un vent froid et humide venu de la Perdido soufflait parfois à travers la propriété, mais les robustes feuilles des imposants chênes d'eau restèrent fermement accrochées à leurs branches. Les troncs se couvrirent de mousse, de minuscules grappes de fougères rabougries poussèrent entre les racines et chaque matin, vêtue d'un pull en laine, Zaddie continuait à tracer ses ornements dans le sable.

Un après-midi de début octobre, Bray fit irruption dans le bureau de James à la scierie.

« M'sieur James, dit-il, Madame Mary-Love veut que vous rentriez de suite à la maison.

— Je viens », répondit James sans la moindre hésitation. Il se leva et sortit aussitôt.

La dernière fois qu'on l'avait ainsi appelé d'urgence, c'était l'après-midi où Elinor avait malencontreusement mis Genevieve face à son destin.

« Qu'est-ce qui se passe ? demanda-t-il tandis qu'il montait dans la voiture.

— Je sais pas », répondit Bray, qui savait parfaitement mais avait reçu l'ordre de ne rien dire. Ce que James comprit, si bien qu'il ne posa plus de questions malgré son émoi.

Lorsque Bray se gara devant chez Mary-Love, James courut jusqu'au porche à l'entrée, priant pour que le toit de planches de l'école ne se soit pas effondré sur Grace.

« James ! appela Mary-Love de sa voix la plus mélodieuse. Nous sommes sous le porche du côté ! »

James se figea. Le ton de Mary-Love ne laissait présager aucun malheur, toutefois quelque chose dans sa douceur, couplé à la sommation de venir et au mutisme de Bray, l'alarmèrent aussi sûrement que si Mary-Love lui avait crié qu'il était arrivé quelque chose de terrible.

Il monta les marches avec précaution et ouvrit la porte moustiquaire. Le porche était plus peuplé qu'à l'ordinaire. Mary-Love était assise sur un banc, Early Haskew à ses côtés. Sister était sur la balancelle, installée près d'une petite fille. Sur l'autre banc, celui avec la couverture en maille, se trouvaient la belle-sœur de James, Queenie Strickland, et son fils Malcolm, qui s'amusait à détricoter les mailles. James n'avait revu aucun des membres de la famille Strickland depuis les funérailles de son épouse.

« James, je suis heureuse que tu aies pu te libérer, dit Mary-Love. Queenie a fait tout le trajet depuis Nashville pour nous voir ! »

Queenie Strickland, une petite femme potelée avec une coupe au bol et des cheveux teints en noir, bondit de son siège et se précipita vers James en criant :

« Oh, Seigneur ! James Caskey ! Est-ce qu'elle ne vous manque pas ?

— Si, bien sûr, je... »

Avant qu'il puisse finir sa phrase, Queenie l'avait saisi par sa fine taille et le serrait jusqu'à l'étouffer.

« Genevieve était mon rayon de soleil ! Sans elle, je dépéris ! Je suis venue jusqu'ici pour m'assurer que le chagrin ne vous a pas tué ! dit-elle en relâchant son étreinte, avant de pointer le banc. Vous vous souvenez de mon fils Malcolm ? Il était prostré de douleur à l'enterrement de sa tante. Malcolm, dis bonjour à ton cher oncle James !

— B'jour oncle James, lâcha Malcolm du bout des lèvres, tout en trouant la couverture de l'ongle de son pouce.

— Et voici mon adorable fille, Lucille. Elle voulait à tout prix assister aux funérailles alors qu'elle souffrait terriblement des oreillons ce jour-là, mais j'ai catégoriquement refusé même si j'ai dû l'emmener à l'hôpital afin de pouvoir venir à Perdido, et l'infirmière m'a dit plus tard qu'elle n'avait jamais vu une enfant pleurer autant parce qu'elle n'avait pas pu rendre un dernier hommage à sa tante bien-aimée ! »

Lucille paraissait avoir dans les trois ans et ne pouvait par conséquent en avoir plus de deux à la mort de Genevieve. Dès lors, elle semblait un peu jeune pour pouvoir faire preuve d'un tel intérêt pour les obsèques de quiconque. Cependant, comme si la scène avait été répétée à l'avance, Lucille fondit en larmes et se débattit lorsque Sister tenta de la consoler.

James s'écarta de Queenie, qui venait de remonter ses bras courtauds dans l'intention manifeste de provoquer une embrassade. Il sentit confusément qu'il venait de tomber dans un piège et regarda tour à tour Mary-Love et Queenie, se demandant laquelle avait bien pu imaginer le guet-apens.

« Alors, Queenie, dit-il au bout d'un moment, Carl a aussi fait le déplacement ? »

Queenie se frappa la poitrine, comme pour calmer les battements de son cœur meurtri.

« Quelle blessure vous m'infligez en parlant de cet homme ! », s'écria-t-elle, vacillante, en reculant d'un pas tout en tendant une main derrière elle afin de s'assurer qu'elle ne trébucherait contre rien.

James resta parfaitement immobile, certain qu'il

venait de poser le pied sur un second piège.

Queenie recula jusqu'au banc, où elle se laissa pesamment tomber. Elle s'assit par mégarde sur les doigts de Malcolm, qui poussa un cri aigu et fit tout un cinéma sur la difficulté qu'il avait à les retirer de sous l'imposant arrière-train de sa mère, puis il les remua afin de vérifier qu'aucun n'était cassé. Quand il les eut jugés intacts, il serra le poing et donna un coup sur la cuisse de Queenie, qui n'y fit pas attention.

« Monsieur Haskew, s'exclama Queenie, je m'excuse, vraiment !

— Il n'y a pas de mal, répondit mécaniquement Early, quoique ni lui ni personne n'ait la moindre idée de la raison pour laquelle elle s'excusait.

— Vous ne faites pas partie de la famille, dit Queenie en guise d'explication. Vous ne devriez pas être accablé par les ennuis des Strickland.

— Vous voulez que je vous laisse ? proposa Early d'un ton poli en commençant à se lever.

— Restez », lui intima Mary-Love à voix basse. Puis, plus fort : « Madame Strickland, puisque vous allez évoquer vos *ennuis* familiaux, je suggère que l'on renvoie les enfants. Je n'ai moi-même pas une envie folle d'écouter les tribulations des Strickland, mais je doute que le sujet convienne à de si jeunes oreilles.

— Pas question ! cria Queenie. Ces enfants en savent autant que moi ! Ils ont souffert les mêmes peines que moi ! Malcolm Strickland, est-ce que ton père ne t'a pas battu ? ajouta-t-elle en se tournant vers son fils comme s'il était à la barre d'un tribunal.

— C'est moi qui vais le tabasser ! hurla Malcolm d'un ton rageur en frappant une nouvelle fois la cuisse de sa mère.

— Lucille Strickland, est-ce qu'il n'a pas giflé ton visage d'ange ? », reprit Queenie.

La petite fille, qui venait tout juste de sécher les larmes de sa dernière crise, enfouit son visage dans ses mains et éclata à nouveau en sanglots. Sister tenta de les lui écarter pour la consoler à nouveau mais Lucille se mit à hurler si fort que Sister la laissa à son chagrin ; au moins, les cris étaient-ils étouffés.

« Carl Strickland, dit Queenie d'une voix faible et déplaisante, a levé la main sur moi. Ma robe couvre des blessures. Pour rien au monde je n'aurais permis que vous les voyiez. Si j'étais restée avec cet homme, tout Nashville aurait traîné mon nom dans la boue. C'est pourquoi je vais vous révéler la plus grosse erreur que j'aie faite de ma vie. Je vais vous la confier, même si l'un de vous ici n'est pas de la famille... »

À ces mots, elle fixa son regard sur Early Haskew, puis le laissa dériver sur les autres.

« Le jour de mon mariage, j'aurais mieux fait de me tromper d'église ! »

Les Caskey étaient mal à l'aise. Ne se risquant

pas à regarder Queenie, Sister examinait plutôt la petite fille à ses côtés. De temps en temps, elle essayait de lui chuchoter un ou deux mots de réconfort. Les bras croisés sur la poitrine, Mary-Love toisait Queenie, incapable de comprendre comment une femme civilisée pouvait se couvrir ainsi de honte. Par moments, elle levait vers James un regard de reproche, comme si toute cette déplorable affaire avait été de sa faute. Et d'une certaine façon ça l'était, puisque à cause de son mariage la famille Caskey se retrouvait liée à une femme telle que Queenie Strickland. James n'avait pas bougé d'un pouce depuis qu'il était entré sous le porche. Non seulement, il ne savait ni quoi faire ni quoi dire, mais il percevait chaque pensée qui traversait l'esprit de Mary-Love. Au fond de lui, il était même d'accord avec elle – tout ça était bel et bien sa faute. Il n'avait pas d'autre choix que de mettre un terme aussi rapide que possible à cette situation.

« Donc, vous avez quitté Carl, c'est bien ce que vous dites ?

— Évidemment ! », répondit Queenie en se levant et s'apprêtant à fondre à nouveau dans les bras de James.

Il lui fit signe de se rasseoir et elle se laissa à nouveau tomber sur le banc, mais pas avant que Malcolm n'ait eu le temps de glisser une main sous son derrière, juste pour le plaisir de couiner et de frapper à nouveau sa cuisse.

« Vous auriez voulu que je reste avec lui ? pleurnicha Queenie. Vous auriez voulu que ce suppôt de Satan me batte à mort ?

— Ah ça, m'man, c'est moi qui vais le tabasser ! cria Malcolm en envoyant une série de coups sur la cuisse maternelle.

— Dans ce cas, dit James après une pause, où est-il ?

— Est-ce que Carl Strickland est à Nashville ?! cria Queenie, follement agitée. Comment je le saurais ? Peut-être, peut-être pas. Est-ce que Carl Strickland sait où je suis ?! Voilà une meilleure question. Non, il ne le sait pas. Et si c'est le cas, ce n'est pas moi qui lui ai dit. J'ai embarqué valises et enfants à bord d'une voiture et je suis directement venue ici, à Perdido, sans un sou et sans permis. »

À la mention de l'argent, Sister releva rapidement la tête.

Queenie s'était tue. Elle lança un regard à la ronde et quand elle reprit la parole, son attitude était bien plus modérée.

« Est-ce que j'ai un endroit où aller ? Voilà une autre question que vous pourriez me poser, James Caskey. Et quelle serait la réponse, Malcolm Strickland ? Est-ce que ça serait “oui” ? Non, ça ne le serait pas. Est-ce que la réponse serait “non”, Lucille Strickland ? Oui, ça le serait. À l'exception de Carl, aucun Strickland n'a un toit au-dessus de la tête. Notre auto est tombée en panne devant l'hôtel de ville de Perdido, où elle bloque la rue, et ne roulera plus jamais. À l'exception de Carl, aucun Strickland n'a plus de quoi acheter même une cagette de pommes pourries à un petit vendeur noir sur le bas-côté. »

James s'écroula sur le banc entre Early et Mary-Love. Pendant plusieurs minutes, personne ne dit rien ; on n'entendait que les sanglots convulsifs de Lucille, qui étaient repartis de plus belle quand sa mère lui avait adressé sa question rhétorique. Derrière la fenêtre de la cuisine, qui donnait sur le porche, Ivey ne perdait pas une miette de ce qui se passait.

« Pourquoi, exactement, êtes-vous venue à Perdido, Madame Strickland ? demanda Mary-Love d'un ton glacial.

— Oh ! Appelez-moi Queenie ! Je vous en prie ! Je suis venue à Perdido à cause de James. Je n'ai plus aucune famille. Genevieve était tout ce que j'avais. Nous étions des Snyder, et tous les autres sont morts. Sauf mon frère, Pony. Il s'est installé en Oklahoma. Il a épousé une Indienne. Il paraît que mes chers enfants ont une quinzaine ou une vingtaine de cousins indiens. Mais je ne peux pas aller vivre avec eux. Ils n'ont rien du tout. J'ignore même jusqu'au prénom de son Indienne. Et puis, est-ce que j'ai vraiment envie d'élever mes enfants dans une réserve ?

— Je les fusillerais tous, m'man ! hurla Malcolm.

—Je sais, mon chéri, dit Queenie avec indulgence en caressant tendrement les cheveux de son fils. Et puis j'ai repensé à toutes les fois où ma chère sœur habitait chez moi et que je lui disais : "Genevieve Snyder..." je n'ai jamais pu l'appeler par son nom d'épouse, et je crois que je la verrai toujours comme une Snyder... "pourquoi tu viens ici alors que tu es mariée au meilleur homme du monde et qu'il se languit de toi à Perdido ? Pourquoi est-ce que tu n'es pas avec lui ?" Et elle me répondait : "Je ne sais pas, parce que tu as raison, il n'y a pas de meilleur mari, il ferait n'importe quoi pour moi, ou pour toi et les enfants. Je suppose que, malheureusement, j'aime trop Nashville." C'était précisément son problème : elle aimait trop Nashville. Je n'ai jamais vu personne aimer autant une ville. J'imagine qu'elle ne pouvait être heureuse nulle part ailleurs. Et donc, elle m'a dit que s'il arrivait quoi que ce soit et que j'avais besoin d'aide, il fallait que j'aille à Perdido pour parler à son mari, James Caskey. Et quand le pire est arrivé – oui, le pire –, j'ai sauté dans ma voiture, et me voilà. »

Malgré sa pénible grandiloquence, le discours de Queenie atteignit le but escompté. James fut convaincu de devoir lui venir en aide ainsi qu'à ses enfants. Bray porta leurs quelques bagages chez lui, et plus tard ce jour-là, on présenta Grace à ses jeunes cousins. En guise de salut, Lucille étala du chocolat partout sur sa robe, et Malcolm lui flanqua un coup de poing dans l'estomac.

Pour la première fois depuis longtemps, James dîna chez lui plutôt que chez Mary-Love. Rentrant de chez Elinor pour la soirée, Roxie leur prépara le repas. James n'avait aucune envie d'infliger la présence de Queenie, Lucille et Malcolm au reste de la famille. Il prit même soin d'envoyer Grace chez Mary-Love, qui promit à sa nièce de l'héberger aussi longtemps que ces affreux personnages demeureraient chez son père. Au cours du dîner, James demanda à Queenie :

« Vous êtes sûre de vouloir rester à Perdido ? Vous pensez vraiment pouvoir être heureux ici tous les trois ? Après tout, vous ne connaissez personne.

— Eh bien, on vous connaît, *vous*. Qui d'autre a-t-on besoin de connaître ? Et puis, on a été présentés au reste des Caskey – même si j'en ai vu d'autres à l'enterrement, mais je suppose que je les rencontrerai plus tard –, de quoi d'autre est-ce qu'on aurait besoin ? Lucille et Malcolm sont heureux comme tout. »

Les deux enfants battaient des pieds contre les barreaux de leur chaise.

« Très bien, répondit James d'un ton las, regrettant déjà amèrement sa solitude. Demain, je vous chercherai un endroit où vivre.

— Un endroit ?! s'exclama Queenie, tournant

la tête de tous côtés sans pour autant quitter des yeux la saucière dont elle versait le contenu sur son riz. Qu'est-ce qui ne va pas avec cette maison ? Vous avez de la place, toute la place du monde ! On pourrait déménager toutes nos affaires dans votre salon, James, c'est dire s'il y a de la place ! »

James crut déceler un nouveau piège caché sur son chemin. Il se raidit, cherchant comment manœuvrer pour l'éviter, et après un silence dit doucement :

« Non, Queenie.

—James Caskey, vous...

—Je vais vous chercher un endroit où habiter. C'est moi qui paierai, et je pourvoirai à vos besoins – dans une certaine limite – comme Genevieve aurait souhaité que je le fasse. Mais vous ne pouvez pas rester ici avec Grace et moi.

—Vous êtes seul ! lança Queenie, et James, dans un début de panique, put en effet voir se profiler au loin les contours du piège.

—J'ai Grace !

—Votre très chère fille n'est qu'une enfant ! Elle ne peut pas vous tenir compagnie comme je le ferais. Nous pourrions être une famille heureuse. Vous avez perdu votre femme – ma très chère Genevieve –, et j'ai perdu un mari, ce bon à rien de Carl Strickland. Comme j'ai honte de porter son nom ! Comme j'ai honte que mes enfants doivent le porter tout au long de leur vie ! Mon unique consolation...

— Queenie, l'interrompit James, vous pouvez rester ici cette nuit. Mais demain, je vous trouverai une maison.

— James, je sais pourquoi vous faites ça. Je sais pourquoi vous nous mettez à la porte.

— Pourquoi ? demanda-t-il, plus qu'intrigué.

— Parce que mon cher Malcolm a cassé cette minuscule chose en verre cet après-midi. Il voulait juste la regarder de près, il la trouvait si mignonne – moi aussi, d'ailleurs. Je lui ai dit : "Malcolm Strickland, ça appartient à James, donc repose ça là où tu l'as trouvé et ne touche plus jamais à rien dans cette maison." Et il m'a répondu : "M'man, tant que je vis, je toucherai plus jamais rien qui appartient à oncle James." J'ai essayé de la réparer, mais les petits bouts refusaient de rester collés ! »

James n'eut pas le cœur à lui demander précisément ce qui avait été cassé, aussi évita-t-il toute la semaine suivante de regarder de trop près ses étagères remplies de jolies babioles, par crainte de découvrir quel objet l'enfant avait détruit.

« Ce n'est pas la raison, dit-il à Queenie. J'ignorais même qu'un… incident avait eu lieu.

— Misère, j'aurais dû me taire ! laissa échapper Queenie. James, nous pourrions être tellement heureux ! »

Faisant preuve d'une volonté inhabituelle, James ne céda pas. Dès le lendemain, il acquit la maison qui jouxtait celle du docteur Benquith, sur le versant ensoleillé d'une petite colline qui s'élevait à l'ouest de l'hôtel de ville. Il fallait au moins dix minutes de marche pour rejoindre la propriété des Caskey, et Queenie était si rondelette que chacun pensa qu'il était peu probable qu'elle aille déployer un tel effort. Cette nuit-là, Queenie et ses enfants dormirent dans leur nouvelle maison, dans des lits d'appoint que Mary-Love sortit pour l'occasion de l'un de ses garde-meubles.

Lorsqu'elle fut convaincue que James se reprochait bien d'avoir causé la venue de Queenie, Mary-Love s'efforça de faciliter les choses. Elle acheta le mobilier pour la maison en une seule journée de courses à Mobile, fournissant la preuve éclatante – si tant est que quiconque en ait jamais douté – de l'étendue de ses atermoiements lorsqu'il avait fallu meubler celle d'Oscar et Elinor.

James présenta ces derniers à Queenie et sa progéniture. Quelque chose dans l'attitude d'Elinor, ou dans ses yeux, cloua le bec à Malcolm comme à Lucille. Malcolm ne donna aucun coup et Lucille ne poussa aucune jérémiade, et lorsqu'ils rentrèrent chez eux, Malcolm montra à sa mère un bleu sur son bras, à l'endroit où, prétendait-il, Elinor l'avait pincé quand personne ne regardait.

Elinor, avec l'aide de Roxie et de Zaddie, confectionna des rideaux pour la maison de Queenie, où elle alla elle-même les porter et les accrocher aux fenêtres. Puis elle repartit sans accepter la moindre tasse de café ou part de gâteau.

Queenie n'eut plus à s'inquiéter pour l'argent. James lui fit ouvrir des comptes dans certaines boutiques, où elle fut autorisée à prendre ce dont elle avait besoin. Un jour, pourtant, dans le magasin de vêtements de Berta Hamilton, lorsque Queenie désigna un long manteau au col en fourrure et aux manches évasées, Berta remarqua : « Oh, Madame Strickland, je ne crois pas qu'il vous ira si bien que ça… »

Queenie insista pour l'essayer et, contrairement aux prédictions de la commerçante, le manteau lui allait parfaitement, si bien que Berta Hamilton fut contrainte de dire explicitement ce qu'elle avait juste voulu sous-entendre : « Madame Strickland, je refuse de mettre un manteau à cent cinquante dollars sur la note de Monsieur James alors que vous en avez déjà dépensé trois cent soixante-deux ce mois-ci. »

Queenie s'insurgea, Queenie s'énerva, mais Queenie repartit sans le manteau. Elle commençait à comprendre ce que James avait voulu dire par « une certaine limite ».

NOËL

Queenie Strickland découvrit que Perdido ne serait pas facile à amadouer. Elle était certes mieux lotie qu'à Nashville : on prenait agréablement soin d'elle, sa maison était plus grande, et surtout, elle était débarrassée de son mari Carl. Mais certaines choses se faisaient attendre, les connaissances et les amis, par exemple. Aucune femme aussi bavarde qu'elle ne pouvait se passer d'un cercle social ; elle était, en outre, de celles qui épuisent leurs amis. Il lui en fallait donc un certain nombre afin de pouvoir les user petit à petit, chacun leur tour. Ainsi, l'abrasion qu'elle provoquait avait le temps de cicatriser et d'être oubliée. Elle se hâta de construire un nouveau cercle.

À sa voisine Florida Benquith, Queenie – plus suave que jamais – fit porter une tarte et des restes pour le chien du docteur. Le lendemain, elle demanda à Florida de l'aider à faire un ourlet, ce qui ne prendrait qu'une minute. Florida, qui enviait l'assise sociale dont jouissaient les Caskey, accepta volontiers cette amitié. Selon ses calculs, cela lui permettrait de se rapprocher d'eux si Queenie finissait par être acceptée par Mary-Love, ou, à l'inverse, de les irriter au plus haut point dans le cas où la nouvelle venue resterait un paria. C'est ainsi que Queenie trouva le moyen d'élargir activement ses connaissances. Pour commencer, elle intégra le club de bridge du mardi après-midi.

Il y avait deux clubs de bridge à Perdido. Le plus prisé se réunissait le lundi après-midi, l'autre le lendemain. Le principal sujet de conversation du mardi tournait autour de ce qui avait été dit, porté et servi la veille. Mary-Love était au centre du premier groupe, et Florida Benquith, du second. Lorsqu'elle avait quitté la maison de Mary-Love, Elinor, ne voulant plus rien avoir à faire avec sa belle-mère, avait échoué dans le second. Sa présence y était mal vue, d'une part parce que, socialement, c'est elle qui était dotée du plus de prestige, d'autre part parce qu'elle en était devenue membre par dépit. Ce fut grâce à ces réunions du mardi qu'Elinor et Queenie commencèrent à se fréquenter.

À partir de la mi-novembre, et suite à un tirage au sort, les parties de bridge du mardi eurent lieu une semaine chez Elinor, la suivante chez Queenie. Fruit du hasard, cet échange de visites acquit aux yeux de tous le statut d'une reconnaissance mutuelle, si bien qu'Elinor et Queenie furent désormais considérées comme amies. Il s'agissait là d'une mauvaise interprétation – peut-être même malveillante – de la part de Florida et de son cercle, mais cette mauvaise interprétation demeura, peut-être parce que ni Elinor ni Queenie ne firent rien pour la dissiper.

D'une manière ou d'une autre, Mary-Love eut vent de leur amitié – à moins qu'elle ne l'ait devinée par on ne sait quelle miraculeuse clairvoyance – et en fut contrariée. Elle n'aimait pas Queenie, aussi bien en tant que personne qu'en tant que parente de Genevieve. Surtout, elle n'aimait pas la savoir frayer avec l'ennemi. Elle se mit à craindre qu'Elinor et Queenie rassemblent leurs forces et lancent une attaque conjointe contre elle.

C'est pourquoi, au cours du déjeuner dominical quelques semaines plus tard, Mary-Love déclara à James :

« Il est temps de faire la paix.

— Est-ce qu'on s'est disputé, toi et moi ? répondit-il, surpris, en levant la tête de son assiette. Si c'est le cas, je n'étais même pas au courant.

— Non, pas nous, James. Mais au cas où tu n'aurais pas remarqué, une grande partie de notre famille se parle à peine. »

James, et toutes les autres personnes à table, s'agitèrent, mal à l'aise.

« Noël approche, poursuivit Mary-Love comme

si elle n'était pas responsable des divisions et des querelles au sein des Caskey, et j'aimerais qu'on le passe tous ensemble », dit-elle avant de marquer une pause, guettant peut-être un signe de soutien. Elle ne reçut qu'un silence pour toute réponse. Imperturbable, elle ajouta : « Je pense que si ce n'est pas pour nous, on doit le faire pour les enfants. Il y a Grace, bien sûr – Mary-Love lança un coup d'œil à sa nièce à l'autre bout de la table –, mais il faut aussi penser à Miriam et Frances. Après tout, ces chères enfants sont *sœurs*, or, elles n'ont quasiment jamais l'occasion de se voir ! Sans compter Malcolm et Lucille maintenant, eux aussi il faudrait les inviter...

—Tu veux inviter Queenie Strickland ?! s'écria Sister, abasourdie, tandis que James restait bouche bée.

—J'invite la famille *entière*, dit Mary-Love, ravie de l'effet qu'elle produisait sur chacun – sa capacité de continuer à les surprendre signifiait que sa domination ne faiblissait pas.

—Oscar et Elinor aussi ? demanda James, secouant la tête d'étonnement.

—*Tout le monde.*

—Tu crois qu'ils viendront ? intervint Sister. Queenie viendra, poursuivit-elle, répondant à sa propre question. Et on peut être sûr qu'elle sera accompagnée de ses deux sales démons.

—Sister ! se récria Mary-Love, car elle n'avait

jamais entendu sa fille proférer le moindre juron.

— Il n'y a pas d'autre mot pour les décrire, répondit cette dernière. Maman, tu crois vraiment que tu arriveras à faire venir Elinor, et qu'elle emmènera Frances avec elle ?

— Pourquoi est-ce qu'elle ne viendrait pas ? demanda Mary-Love avec raideur. Et pourquoi est-ce qu'elle n'emmènerait pas sa fille ? Bien sûr, il y a une autre raison pour laquelle j'aimerais qu'on fête Noël tous ensemble.

— Laquelle ? s'enquit James.

— Early m'a confié qu'il aura fini les plans de la digue la semaine prochaine. Je pense que ça mérite d'être célébré.

— Ça m'a pris beaucoup plus de temps que prévu, ajouta Early comme pour présenter ses excuses.

— Il voulait que tout soit parfait, se hâta d'expliquer Sister. James, le conseil municipal a fait le bon choix en le recrutant. Une fois que les travaux auront commencé, la digue sera finie en un rien de temps !

— Eh bien, dit James avec précaution, je suis ravi de l'apprendre. Mais, Mary-Love, je ne pense pas que tu devrais parler de ça à Elinor. Si elle apprend qu'elle a été invitée pour célébrer la construction de la digue, je te garantis qu'elle ne mettra pas un pied dans la maison.

— Tu as sans doute raison, James. Peut-être que si c'est toi qui l'invites, elle viendra. Peut-être que si tu lui dis que je vais faire installer un sapin – le plus grand qu'on ait jamais eu ici – et qu'elle pourra apporter ses cadeaux – je compte remplir tout le salon de jouets pour les enfants –, tu arriveras à la convaincre. Tu devrais lui rappeler que Noël est une fête de famille. Peut-être aussi que si tu ajoutes que Queenie est invitée, ça la décidera.

— Queenie et elle sont amies ? s'étonna Sister.

— À ce qu'il paraît… », acquiesça Mary-Love.

Sister hocha pensivement la tête, devinant soudain bien plus des intentions de sa mère que cette dernière ne l'avait souhaité.

Plus tard ce même après-midi, James se rendit chez Elinor et les invita, Oscar et elle, à fêter Noël chez Mary-Love. Il mentionna au passage que Queenie était elle aussi conviée, mais ne dit rien de la présence d'Early ni du fait que celui-ci avait bientôt fini les plans de la digue. Elinor accepta docilement l'invitation, se contentant de remarquer qu'elle avait déjà prévu d'aller à Mobile pour acheter des cadeaux pour toute la famille. Au même moment, Sister rendait visite à Queenie avec une assiette de caramels et lui faisait part de la même invitation. Queenie chercha désespérément un prétexte pour en discuter d'abord avec Elinor, afin de savoir si elle devait accepter ou non, mais on requérait d'elle une réponse immédiate. Ne pouvant prétendre être déjà prise – Sister aurait aussitôt su qu'elle mentait –, elle accepta en priant

Dieu de ne pas avoir offensé Elinor.

Ce soir-là, Queenie alla chez Elinor et parla à sa toute nouvelle amie de l'invitation.

« Je pourrais dire qu'il faut absolument que je retourne à Nashville pour une raison ou une autre, et je resterais enfermée toute la journée à la maison », suggéra Queenie avec enthousiasme, certaine que l'idée paraissait si ridicule qu'Elinor ne l'encouragerait jamais à la suivre. C'était uniquement pour s'attirer les bonnes grâces de celle-ci que Queenie avait déclaré son antipathie vis-à-vis de Mary-Love.

« Non. Oscar et moi y allons, et nous amenons Frances avec nous. Il n'y a donc aucune raison pour que tu n'y ailles pas, Queenie.

— Je suis soulagée de te l'entendre dire. Ça rend les choses beaucoup plus faciles.

— J'ai *envie* d'y aller. Ça fait si longtemps que je n'ai pas mis les pieds dans cette maison. Et puis je pense qu'il est temps de savoir ce que Mary-Love mijote. »

Début novembre, un dessinateur industriel de Pensacola s'était installé à l'*Osceola*, où il travailla jour et nuit trois semaines durant à mettre au propre le travail d'Early. Lorsqu'il eut fini, Sister et Early rapportèrent les plans à la maison et les étalèrent un à un sur le lit de Sister afin de mieux les admirer. Le lendemain, ils les laissèrent au bureau des archives de l'hôtel de ville, où par sécurité on les photographia. Le mardi suivant, Early les montra au conseil municipal, à qui il fournit également une nouvelle estimation des coûts et un planning pour les différentes étapes du chantier. À la satisfaction du conseil, les coûts finaux s'avérèrent plus bas que l'estimation initiale. Si tout se déroulait comme prévu, Perdido serait protégée par une digue indestructible dès l'hiver 1924.

Tom DeBordenave annonça ce que chacun des membres du conseil savait déjà : l'État avait autorisé, pour financer la construction de la digue, l'émission d'obligations dont la vente serait gérée par la First National Bank de Mobile. Les propriétaires des scieries avaient déjà déposé vingt-cinq mille dollars chacun à la banque de Perdido. Rien ne pouvait désormais empêcher le chantier de débuter au plus tôt.

Early Haskew fut nommé à l'unanimité par le conseil ingénieur en charge du projet. On lui confia la mission de descendre à Pensacola, Mobile puis de remonter à Montgomery pour négocier avec des entrepreneurs et lancer des appels d'offres. La réunion s'acheva sur une prière. Front baissé, James implora Dieu de ne pas faire monter les eaux avant que les travaux soient achevés.

Early se mit aussitôt en route pour sa mission, et Sister s'attrista de son absence. Fort heureusement, Mary-Love et elle étaient occupées aux préparatifs de Noël, l'événement suscitait un surcroît d'activité durant une période déjà bien remplie.

Les allées et venues entre les maisons de Mary-Love et d'Elinor étaient désormais plus fréquentes. Elinor fit porter à sa voisine un bocal de confiture de fraise, un cadeau auquel répondit un kilo de noix de pécan décortiquées, qui revint sous la forme d'un cake aux fruits confits macérés dans du rhum de La Havane datant d'avant la Prohibition. De tels présents continuèrent à passer de la cuisine d'Ivey à celle de Roxie, toujours plus précieux à mesure qu'ils traversaient la cour dans les bras de Zaddie.

Malgré ça, Mary-Love et Sister ne virent pas plus Elinor que durant les mois qui avaient précédé. À vrai dire, elles ne l'aperçurent pour la première fois qu'une semaine avant Noël. Sister était allée chez Elinor lui porter un carton de vêtements ayant appartenu à Miriam et qui ne lui allaient plus, mais qui, pensait-elle, pourraient servir à Frances. Elinor remercia sa belle-sœur et l'invita à entrer. Elle lui servit du thé russe, la laissa prendre Frances dans ses bras et lui faire des gazouillis, puis elle l'encombra de cadeaux déjà emballés à déposer sous le sapin.

Early avait espéré qu'il ne serait parti qu'une semaine, mais à deux reprises, il envoya un télégramme avertissant qu'il avait été forcé de poursuivre son périple.

« Je doute qu'il soit présent à Noël, dit Mary-Love à une Sister incapable de masquer sa déception. Mais ça me convient. Il n'y aura que la famille. »

La veille de Noël, pourtant, Sister resta assise trois heures devant la fenêtre de sa chambre à guetter l'arrivée d'Early. Mais puisque l'ingénieur ne possédait pas d'automobile, il y avait peu de chances qu'il conduise jusqu'ici, et c'était le seul moyen par lequel faire le voyage depuis la gare d'Atmore. Lorsque Mary-Love entra dans la chambre et lui ordonna de se coucher, Sister préféra obéir plutôt que de confier à sa mère les raisons de son désarroi.

D'abord, tout se passa aussi bien que chacun l'avait espéré. On avait verrouillé les portes du salon pour éviter toute intrusion inopinée des enfants. Après un petit déjeuner qui parut interminable à Grace, Malcolm et Lucille, les portes furent ouvertes et les cadeaux dévoilés dans toute leur splendeur bigarrée. Grace frappa dans ses mains, fixant d'un œil avide la multitude de paquets qui s'amoncelaient depuis la base du sapin jusqu'à remplir quasiment toute la pièce. On en trouvait sous les chaises, derrière les rideaux, sur les rebords des fenêtres, sur le manteau de la cheminée et sur le canapé. Aux quatre coins du salon, il y en avait également qui, du fait de leur taille, n'avaient pas pu être emballés – un cheval à bascule pour Lucille, une bicyclette rouge pour Malcolm, et pour Grace une immense maison de poupée entièrement meublée. Les Caskey s'installèrent comme ils pouvaient dans la pièce bondée, et l'on dut même apporter des chaises de la salle à manger. Zaddie, Ivey et Roxie, qui avaient travaillé sans relâche toute la matinée, débarrassèrent les restes du petit déjeuner et s'assirent ensuite sur la banquette du coin fenêtre, d'où elles purent regarder la remise des cadeaux et recevoir ceux qui leur étaient destinés.

Grace fut chargée de ramasser chaque paquet, d'en lire la carte de vœux et de remettre le tout à la personne concernée. Malcolm demanda à l'assister dans sa tâche, mais comme il ne savait pas lire, il dut se contenter de faire la distribution tandis que Grace appelait chaque prénom. Il y avait tant de présents que le rituel prit un temps considérable, d'autant que Grace faisait durer le plaisir, ne donnant souvent le prochain présent que lorsque le précédent avait été déballé. Chacun fut extrêmement gâté, et bientôt le salon se transforma en océan coloré de papier froissé, de tissu et de rubans au milieu duquel surnageait un archipel de cadeaux, leur carte soigneusement préservée. L'air était empli d'exclamations, de gratitude, d'admiration et de jalousie bon enfant. Grace ne se rappelait pas avoir été aussi heureuse de sa vie.

Les seuls paquets à ne pas avoir été distribués étaient ceux pour Early Haskew. Sans même appeler son nom, Grace les mettait de côté.

La scène de liesse se poursuivit pendant plus de deux heures. Avant la fin, Roxie et Ivey retournèrent à la cuisine pour commencer à préparer le déjeuner. À un moment, le téléphone sonna. Se trouvant le plus près de l'appareil, Sister se leva pour répondre. Lorsqu'elle entendit la voix à l'autre bout du fil, elle se détourna vivement et transporta le téléphone hors de vue, derrière l'escalier.

C'était Early qui appelait depuis la gare d'Atmore. Il présenta ses excuses pour ne pas être arrivé plus tôt et pour les déranger le matin de Noël, mais demanda si quelqu'un pouvait venir le chercher. Dès qu'elle eut raccroché, Sister alla à la cuisine où Bray, assis à la table, ouvrait le premier des quatre paquets qui lui étaient destinés. Il portait son plus bel uniforme et, à la demande de Sister, sortit immédiatement chercher la voiture.

Quand elle revint au salon, Sister ne dit rien de tout ça. Mary-Love était à ce point concentrée sur la remise des cadeaux et la joie des enfants qu'elle oublia de lui demander qui avait appelé.

Une heure plus tard, Early Haskew fit son entrée dans la maison. Grace et Lucille étaient encore dans le salon avec leurs jouets, Malcolm essayait sa nouvelle bicyclette dans la rue, les domestiques étaient tous affairés aux préparatifs du déjeuner ; le reste de la famille s'était installé à la table de la salle à manger avec les deux plus jeunes enfants.

À la vue inattendue d'Early, Mary-Love poussa un petit cri de joie et Queenie se mit à parler toute seule avec le débit d'un fleuve. Oscar et James se levèrent avec des exclamations enthousiastes, lui serrèrent la main et lui firent une place à table. Sister, Miriam dans les bras, et Elinor, qui tenait Frances, ne dirent rien. Sister arborait un sourire figé et presque idiot, Elinor paraissait confuse et distraite.

Assis en tête de table, Early s'adressa tour à tour aux convives de sa voix forte et mesurée. Il se réjouissait de revoir James et Oscar, à qui il avait bien des choses à raconter. Il était très heureux d'être rentré chez Mary-Love, qui n'imaginait pas combien sa maison lui avait manqué. Hélant Ivey dans la cuisine, il lui assura que personne à Mobile, Montgomery, Pensacola, Natchez ou même la Nouvelle-Orléans ne cuisinait mieux qu'elle. Oui, il se souvenait parfaitement de Madame Strickland, dont Bray avait d'ailleurs failli écraser le fils qui faisait du vélo dans la rue. Il ignorait comment il avait survécu sans l'aide précieuse de

Sister, et oui, il s'était senti bien seul à certains moments, d'ailleurs, il avait passé son temps à se retourner pour lui demander conseil ou lui dire un mot, sauf que, bon sang, elle n'était pas là. Enfin, d'une voix plus douce, il demanda à Elinor comment elle allait, et nom d'une pipe comme la petite Frances avait grandi !

Elinor hocha faiblement la tête, mais sans répondre. Quand Early eut fini, Oscar lui demanda où en étaient les choses. Par égard pour sa femme, il ne prononça pas le mot *digue*, mais à la façon dont la bouche d'Elinor se crispa, il était évident qu'elle savait exactement à quoi son époux faisait référence.

« Eh bien, dit Early, je crois que j'ai la personne qu'il nous faut. J'ai cherché partout, j'ai parlé à mille professionnels – ou presque – et j'ai fini par trouver un entrepreneur à Natchez qui va venir ici et faire une offre. Je recommande vivement au conseil municipal de l'accepter même si ce n'est pas la moins chère. Je vous garantis que cet homme – Morris Avant – va vous faire le meilleur travail. Avec un chantier aussi important que pour cette digue, il faut s'assurer... »

Early se tut en voyant Oscar tiquer. Celui-ci se tourna et regarda sa femme à l'autre bout de la table. Chacun des convives suivit son regard. Tête baissée, Elinor boutonnait le chemisier de Frances. Si elle affichait la moindre expression, personne ne put la distinguer.

« … pour la digue, il faut s'assurer d'avoir le meilleur, finit Early avec précaution.

— Je monte coucher Frances, dit brusquement Elinor. Elle arrive à peine à garder les yeux ouverts. Mary-Love, où est-ce que je peux la mettre ?

— Installe-la dans la chambre de Miriam. Attends, je viens avec toi.

— Non, reste ici. Je redescends dans un instant », dit Elinor en se levant avant de quitter la salle à manger en silence pour s'aventurer dans le couloir et monter à l'étage.

Tout le monde savait qu'Elinor était partie à cause de la présence d'Early Haskew et parce que celui-ci avait mentionné la construction de la digue. Ce dont ils s'étonnaient, c'est qu'elle n'ait pas davantage réagi. Elle n'avait pas ramené Frances chez elle, elle était seulement allée coucher sa fille à l'étage. Elle n'avait pas dit qu'elle refusait de rester une minute de plus dans la même pièce qu'Early Haskew, mais qu'elle allait redescendre dans un instant. Elle avait masqué sa colère derrière une impassibilité polie. Mary-Love et Sister expirèrent à l'unisson le souffle qu'elles avaient retenu.

« Cessera-t-elle un jour de nous étonner… dit doucement Sister.

— J'ai cru que notre heure avait sonné », renchérit Mary-Love.

Queenie, pour une fois, se tenait immobile et silencieuse, comme quelqu'un qui observe une bataille depuis un abri, inquiète de l'issue du combat qui déterminera à quel général elle devra bientôt faire allégeance.

Elinor ne réapparut pas de toute l'heure ; heure durant laquelle Early raconta son voyage. Entre-temps, Roxie dressa la table. Lorsque Early eut fini de relater ses aventures, il était temps d'appeler les enfants. Miriam avait déjà mangé, et Mary-Love alla la coucher sur le lit de Sister, entourée d'un rempart d'oreillers. Elle frappa ensuite à la porte de la chambre de Miriam, ouvrit doucement et prévint Elinor, assise près de la fenêtre en pleine contemplation de la boueuse Perdido, que le déjeuner était servi et qu'elle pouvait descendre si elle en avait envie. Elinor déclara s'être perdue dans ses pensées en songeant à sa famille et à là où elle était née, et qu'elle n'avait pas vu le temps passer. En sortant, Mary-Love jeta un œil sur le berceau et s'exclama : « Frances est le plus joli bébé que j'aie jamais vu, à l'exception de Miriam bien sûr ! »

Le repas de Noël fut plus formel que le petit déjeuner. Les plus jeunes enfants dormaient tandis que les trois autres avaient été envoyés dans la cuisine, sur une petite table d'appoint rouge, où chacun ressentit la mordante disgrâce de la jeunesse. Les adultes avaient la salle à manger pour eux seuls, ils circulaient autour de la table sans savoir quelle place chacun devait occuper. Mary-Love les fit s'asseoir, veillant à mettre le plus de distance possible entre Elinor et Early. Ayant manigancé l'outrage de les avoir réunis, elle pouvait se permettre d'être charitable sur ce point.

Après que James, assis entre Elinor et Queenie, eut récité le bénédicité, Sister se tourna vers Early, assis à ses côtés, et dit :

« Donc, en ce qui vous concerne, tout est réglé ?

— Euh oui, répondit celui-ci. Pourquoi cette question ?

— Parce que j'ai quelque chose à annoncer. »

À cet instant, Ivey et Roxie apportèrent la dinde – dont la moitié avait déjà été découpée dans la cuisine –, un faisan qu'Oscar avait abattu sur la propriété Caskey à Monroe County, des mulets frits, un jambonneau, des patates douces, des petits pois, de la crème de maïs, de la farce, des haricots au jarret de porc, des gombos bouillis, des pickles, une assiette de petits pains, une autre de biscuits, une grosse motte de beurre décorée d'un sapin de Noël et un pichet de thé glacé. On fit couper à James le jambonneau et à Oscar le faisan.

Avec l'arrivée de la nourriture, personne ne s'intéressa plus à ce que Sister avait à dire ; de toute façon, elle était habituée à ce qu'on ne fasse pas grand cas de ses préoccupations. Lorsque tout le monde fut enfin servi, les plats débarrassés, et que Zaddie remplaça les petits pains devenus froids par une nouvelle fournée bien chaude, Mary-Love dit :

« Alors, Sister, qu'est-ce que tu mourais d'envie de nous annoncer ? Je n'ai jamais vu une adulte frétiller autant sur son siège !

— Tout le monde a son assiette bien remplie ? demanda Sister, sarcastique.

— Oui, répondit sa mère, ne paraissant pas avoir remarqué le ton de sa fille. Eh bien, on t'écoute.

— Bon… commença Sister, sans même se soucier du fait que chaque convive avait la tête baissée sur son plat et ne se donnait pas la peine de la regarder. Maintenant que le projet de digue suit son cours, je voulais vous annoncer qu'Early et moi allons nous marier. »

Les têtes se levèrent. Les fourchettes se posèrent et chacun dévisagea Sister, avant de se tourner et de regarder Early. En fait, tout le monde soupçonna Sister d'avoir menti et imagina qu'Early serait aussi médusé qu'eux.

Ce dernier arborait un large sourire, et de sa voix tonitruante, il déclara : « Sister se moque que je ronfle fort ! »

Mary-Love repoussa son assiette.

« Sister, lâcha-t-elle du bout des lèvres, j'aimerais qu'Oscar et toi arrêtiez de m'annoncer ce type de nouvelle pendant le repas. Ça me coupe définitivement l'appétit, et il n'y a rien qui puisse me le rendre. Roxie ! »

La domestique apparut sur le seuil.

« Débarrasse mon assiette. Je ne pourrai pas avaler une bouchée de plus. »

Une fois Roxie repartie, Mary-Love se tourna vers l'ingénieur, assis à sa droite :

« C'est vrai que vous allez épouser ma petite fille ?

— Oui, Madame, répondit fièrement Early.

— Je ne vous crois pas, lança Mary-Love. C'est elle qui a fait la demande, ou c'est vous ?

— C'est moi, elle... »

Autour de la table, les autres s'étaient remis de leur surprise, et la réponse d'Early fut noyée sous le brouhaha des félicitations. James se fit le porte-parole de tous, lorsqu'il annonça sans arrière-pensée :

« Sister, je croyais que ce jour ne viendrait jamais !

— Et quel jour ce sera au juste ? », demanda brusquement Mary-Love.

Early haussa les sourcils. Il n'en avait aucune idée. Il se tourna vers Sister, qui répondit :

« Le jeudi de la semaine prochaine. Le 3 janvier.

— Oh non, Sister, c'est impossible ! s'écria Mary-Love. Il faut que tu reportes ça, il faut que...

— Le 3 janvier », répéta Sister d'une voix aussi forte que celle de son fiancé. Puis elle regarda sa mère, lui sourit mollement et poursuivit :

« Maman, tu as réussi à faire reporter son mariage à Oscar, et tout ce que tu as récolté ce sont des ennuis. Je te garantis que tu n'empêcheras pas le mien.

— Tu me couvres de honte, fit théâtralement Mary-Love. Entendre ma fille parler de moi de cette façon en présence d'invités !

— Ils peuvent quitter la table s'ils le souhaitent, dit Sister avec indifférence. Ou alors, c'est toi qui peux t'en aller, maman. Ou bien, c'est moi qui peux partir et emmener Early. Ou alors, on peut tous rester à notre place et finir le repas. Joyeux Noël à tous ! »

Personne ici n'avait jamais été témoin d'une telle fermeté de la part de Sister. Tous les dévisageaient, Early et elle, en se demandant si l'ingénieur comprenait qu'il était dans de beaux draps.

Sister rappela Roxie et lui demanda de ramener l'assiette de Mary-Love.

« Maman, fit-elle sombrement, c'est un jour heureux pour moi, tu ne vas pas le gâcher. Tu vas rester assise et tu vas te réjouir, d'accord ? »

Mary-Love passa la demi-heure suivante à ronger une aile de faisan tandis que Sister racontait au reste de l'assemblée la façon dont Early lui avait fait sa demande. Elle conclut son récit en précisant que leurs fiançailles avaient eu lieu il y a plus d'un mois et qu'ils attendaient seulement la validation du chantier pour annoncer la nouvelle.

Mary-Love ne dit rien d'autre au cours du repas, mais lança un ou deux coups d'œil à Elinor. Celle-ci surprenait ces regards et les lui retournait avec un petit sourire satisfait. Mary-Love avait été piégée par l'arme avec laquelle elle avait voulu nuire à Elinor : Early Haskew. Elinor posa la question que Mary-Love n'osait pas formuler : « Sister, où est-ce que vous allez vivre quand Monsieur Haskew et toi serez mariés ? Tu vas rester ici ou tu comptes t'en aller et abandonner Mary-Love ? »

L'ESPIONNE

Sister fut intraitable, rien ni personne ne la ferait changer d'avis. Mary-Love la supplia de la laisser organiser un mariage décent pour au moins l'un de ses enfants, mais elle répondit sèchement :

« Ça prendra plus d'un mois ?

— N'importe quoi d'un tant soit peu convenable prendrait au moins trois mois, tu le sais ! Il faudrait qu'on…

— Dans ce cas, Early et moi nous marierons la semaine prochaine. »

Mary-Love aurait souhaité batailler un peu plus, mais sa fille lui fit clairement comprendre qu'elle n'entrerait pas dans son jeu. Elle allait épouser Early Haskew, et les objections de sa mère ne serviraient qu'à les éloigner définitivement l'une de l'autre.

Mary-Love n'en revenait pas. Dans ses plans, Noël avait été pensé comme la première étape d'une vaste campagne contre Elinor et son alliée

Queenie. Au lieu de ça, elle se retrouvait sous le feu d'une armée – celle de Sister – dont elle ignorait jusqu'à la présence sur le champ de bataille. Prise au dépourvu, elle n'avait pas eu d'autre choix qu'opérer un repli stratégique. Elle se consola à l'idée d'intégrer à la famille un soldat – Early Haskew – qui était antipathique à son ennemi.

Célébrée par un pasteur méthodiste, la cérémonie eut lieu dans le salon de Mary-Love, sur la moquette duquel traînaient encore quelques aiguilles de sapin. Grace était la demoiselle d'honneur. Sister avait songé à Elinor pour être son témoin, mais connaissant ses sentiments envers son fiancé – ou plutôt envers la raison de sa venue à Perdido –, elle ne se risqua pas à essuyer un refus.

Comme cadeau de mariage, James et Mary-Love offrirent à Early une automobile – la même que James l'avait vu admirer un jour dans une rue. Au volant de leur auto neuve, les jeunes mariés partirent dès la fin de la cérémonie pour Charleston, en Caroline du Sud, une ville que Sister avait toujours rêvé de visiter. Après leur départ, Mary-Love poussa son soupir le plus désespéré, s'assit à la table de la salle à manger et pencha la tête jusqu'à la faire reposer sur la paume de sa main.

« Qu'est-ce qui ne va pas, Mary-Love ? demanda Queenie qui, pour la cérémonie, avait obtenu de

James la permission de s'acheter une robe de soie verte chez Berta Hamilton. On ne trouve pourtant pas de meilleur gendre dans tout l'Alabama !

— Je le sais, soupira Mary-Love d'une voix forte, comme si elle cherchait à ce que les invités encore présents dans le salon l'entendent. Ce que je ne comprends pas, c'est pourquoi mes enfants me traitent de cette manière.

— Vos enfants sont parfaits ! Ils vous aiment tellement que vous pourriez étouffer sous leur amour.

— C'est en tout cas ce que je ressens pour eux. Mais je n'ai pas l'impression que ça soit réciproque.

— Bien sûr que ça l'est, maman, dit Oscar, qui avait effectivement entendu sa mère et était venu lui prouver son affection.

— Si tu m'aimais vraiment, répondit Mary-Love, suffisamment fort pour qu'Elinor et James, restés au salon, ne perdent rien de la conversation, est-ce que tu te serais marié chez James pendant que je faisais des courses ? Est-ce qu'Elinor se serait présentée devant le pasteur vêtue d'une robe même pas terminée ? Est-ce que vous seriez partis en lune de miel sans que j'aie le temps de vous embrasser et de vous exprimer ma joie ? » Mary-Love avait relevé la tête et sa voix était à présent pleine de colère. « Si Sister m'aimait vraiment, est-ce qu'elle aurait secrètement planifié son mariage pour me l'annoncer au beau milieu du repas de Noël ? Est-ce que la cérémonie aurait eu lieu à peine une semaine plus tard, alors qu'on aurait facilement pu attendre deux mois et que ça me rende heureuse ? Est-ce qu'elle n'aurait invité que la famille, alors qu'on aurait pu remplir l'église de trois cents personnes venues de Montgomery, voire de Mobile ?

— Maman, dit Oscar, insensible à la peine exprimée dans ses mots et à la colère dans sa voix, tu ne voulais pas qu'Elinor et moi on se marie. Tu n'as fait que repousser encore et encore la cérémonie, jusqu'à ce qu'on soit *obligés* de la faire dans ton dos. C'est ça que Sister craignait. Elle a fait en sorte que ça ne se reproduise pas, c'est tout. Elle pensait que ton souhait de reporter le mariage cachait d'autres desseins. »

Mary-Love poussa encore un soupir.

« Va-t'en Oscar. Tu ne m'aimes pas.

— Si, maman », dit doucement son fils, puis il quitta la pièce.

Sister n'avait pas révélé où Early et elle comptaient s'installer à leur retour de lune de miel. Même si ne pas savoir était une torture, Mary-Love n'avait pas osé demander. Poser la question aurait donné à sa fille un avantage considérable dans toute négociation ultérieure sur le sujet. Mary-Love n'était pas une femme stupide, elle comprenait qu'en dépit de leurs actes de rébellion – dont le mariage constituait la plus parfaite illustration – Oscar et Sister l'aimaient. Leurs démonstrations d'autorité étaient une stratégie qu'ils avaient apprise de Mary-Love elle-même. Parce qu'il n'était qu'un homme, Oscar n'avait compris que de manière imparfaite et avait eu besoin d'Elinor pour trouver la voie. Sister avait retenu la leçon et conduit Early, bon gré mal gré, à lui passer la bague au doigt. Quoiqu'elle ne l'eût jamais admis, Mary-Love était fière de sa fille pour ce qu'elle avait fait. Par son mariage, Sister était devenue une adulte à ses yeux, et dorénavant elle pourrait la traiter presque comme son égale. Désormais et plus que jamais, Mary-Love redoutait de la perdre et d'être abandonnée, seule chez elle. Elle en était même venue à penser que la voix sonore d'Early et ses ronflements horripilants lui manqueraient.

Et puis il y avait Miriam. Elle appartenait à Mary-Love autant qu'à Sister. Il était inconcevable que Sister tente d'emmener l'enfant avec elle ; de même que Mary-Love ne s'imaginait pas un instant l'élever seule. L'unique solution était que Sister et Early ne quittent pas la maison. C'est pourquoi, alors que les nouveaux époux étaient en voyage de noces, Mary-Love se rendit à Mobile et acheta l'ensemble de chambre à coucher le plus luxueux qu'elle pût trouver. Elle fit déplacer le mobilier de la chambre de sa fille et repeindre entièrement la pièce. Elle y fit poser une moquette neuve, puis la meubla du nouvel ensemble. Elle alla même jusqu'à demander à Elinor de confectionner des rideaux pour fêter l'arrivée de Sister. À sa surprise, Elinor accepta sur-le-champ, offrant même d'acheter le tissu, mais Mary-Love s'en était déjà chargée.

Les rideaux furent cousus le soir même et suspendus le lendemain. Mary-Love remercia Elinor et accepta son invitation à dîner. Pour la première fois, elle mangea dans la maison qu'elle avait fait construire à son fils et son épouse. Miriam, bientôt deux ans, que Zaddie avait installée sur une chaise haute, passa le repas à dévisager sa vraie mère avec un mélange de curiosité et de méfiance.

Quelques jours plus tard, Sister et Early rentrèrent de voyage. Sister embrassa Mary-Love et, avant même d'enlever son chapeau, s'exclama : « Maman, ça sent le neuf ! Est-ce que tu ne serais pas allée à Mobile par hasard ? » Mary-Love la conduit à l'étage et lui montra les achats qu'elle avait faits pendant son absence.

En homme simple, Early se rappela les mots de Sister selon lesquels rien ne lui ferait plus plaisir que de quitter sa mère. Il s'était donc attendu à devoir trouver un endroit où vivre à leur retour de lune de miel. La chambre et son ensemble flambant neuf le déconcertèrent, de même que l'expression sur le visage de son épouse.

« Tu as vu comme c'est joli, Early ? », demanda Sister.

Celui-ci hocha la tête.

« Alors, c'est ici qu'on va habiter ?

— Pour le moment, répondit-elle, les yeux fixés sur sa mère. Maman, c'est vraiment très beau, tu t'es donné beaucoup de mal. »

Mary-Love savait plusieurs choses : d'abord, que Sister n'avait pas l'intention de quitter la maison, en dépit des « pour le moment » ; ensuite, qu'elle n'en avait *jamais* eu l'intention – si elle en avait donné l'impression, ça n'avait été qu'une ruse. Et Mary-Love ne reconnaissait que trop ces tactiques. Sister savait ce qu'elle faisait, aussi c'est en égale que sa mère lui répondit :

« Bien sûr que je me suis donné du mal ! Il fallait bien que j'agisse pour te convaincre de rester auprès de moi ! Qu'est-ce que je serais devenue si Early et toi aviez voulu vivre ailleurs ? Qu'aurait-on fait de la petite Miriam ? On l'aurait coupée en deux ? On l'aurait rendue à Elinor ?

— Jamais je ne pourrais me séparer de Miriam ! Mais, maman, je te préviens, ajouta Sister, peu disposée à renoncer entièrement à son avantage, ne t'habitue pas trop à notre présence. On ne sait jamais quand on pourrait décider de mettre les voiles !

— Oh, tu ne ferais pas ça à ta pauvre mère », dit doucement Mary-Love, avant de les laisser défaire leurs bagages.

Les entrepreneurs qu'Early avait contactés un mois plus tôt firent des offres pour le projet de la digue ; celle venant de l'homme que l'ingénieur avait recommandé, Morris Avant, comptait parmi les plus intéressantes. On lui confia donc le contrat.

Il y avait encore beaucoup de travail à accomplir avant que les travaux puissent véritablement démarrer. Le chantier allait nécessiter entre cent cinquante et deux cents ouvriers. Une partie de cette main-d'œuvre, peu qualifiée, serait recrutée parmi les hommes sans emploi de Baptist Bottom, mais la majorité devrait venir d'ailleurs. L'année suivant l'inondation de 1919, on avait embauché vingt-cinq personnes pour construire la station de pompage. Les contremaîtres avaient logé à l'*Osceola* tandis que les ouvriers s'étaient installés dans l'auditorium de l'école et avaient pris leurs repas à la cantine pendant la semaine, et à l'église méthodiste le week-end. Mais ces dispositions ne convenaient plus pour une petite armée. Quelqu'un proposa de loger les ouvriers dans les écoles ; étant donné la durée des travaux – presque deux ans –, l'idée de retirer aux édifices leur fonction fut jugée peu sérieuse. En fin de compte, les frères Hines montèrent dans un champ au sud de Baptist Bottom deux préfabriqués à l'usage des ouvriers blancs ; l'un servirait de dortoir, l'autre de cuisine et réfectoire.

Les citoyens de Perdido commencèrent à prendre la mesure des conséquences du chantier sur leur ville. Bientôt, ils verraient arriver un afflux de travailleurs et des dépenses astronomiques, ce qui en soi était déjà pénible. Mais ils réalisaient aussi qu'il leur faudrait passer le reste de leur vie claquemurés entre des remparts de terre ; qu'à chaque fois qu'ils regarderaient par la fenêtre, ils verraient non pas la rivière mais une muraille d'argile rouge plus haute que leurs maisons, large, massive et laide. Certains se souvinrent de la mise en garde d'Elinor Caskey contre les digues, et la façon dont elle avait osé exprimer son désaccord alors même que son mari en était l'un des principaux commanditaires.

On se mit à demander à Elinor ce qu'elle pensait du projet et de sa mise en œuvre, mais elle se contentait de répondre : « J'ai dit à tout le monde ce que j'en pensais. Je n'ai pas changé d'avis. Quand les digues seront finies – si elles le sont un jour –, ce sera comme vivre dans une carrière. Les digues s'usent avec le temps, elles se font emporter. Elles se fissurent et s'éventrent. Il n'y a rien qui puisse arrêter une rivière qui coule vers la mer, et rien n'empêchera jamais l'eau de monter et de se déverser par-dessus un tas d'argile. »

En ces jours, mieux valait ne pas se frotter à Elinor. Il y avait un je-ne-sais-quoi de volatil dans son humeur, ses manières, ses opinions. À Mary-Love, elle ne réitéra pas l'invitation à dîner. Et bien qu'elle eût confectionné des rideaux pour la chambre nuptiale de Sister et Early, elle ne prit pas la peine de les saluer à leur retour.

Un jour, alors qu'elle rendait visite à Creola Sapp, alitée avec une sorte de fièvre hivernale, Mary-Love vit la plus jeune de ses enfants qui rampait par terre vêtue d'une robe qu'elle avait cousue elle-même pour Miriam l'année précédente. Le vêtement faisait partie de ceux qu'elle avait offerts à Frances et qu'Elinor avait acceptés soi-disant avec gratitude.

« Oh oui, m'dame, répondit Creola à la question de Mary-Love, mam'selle Elinor est bien bonne, elle m'a apporté tout un carton d'affaires pour ma petite Luvadia. Des choses jolies comme tout !

— Je n'en doute pas un instant, Creola. Pas un instant... », grinça Mary-Love, furieuse qu'Elinor ait pu donner de si beaux vêtements à une paysanne noire.

Elle était surtout troublée que sa découverte ait été le fruit du hasard – cela signifiait qu'Elinor n'avait pas agi pour produire un effet. Aux yeux de Mary-Love, commettre une action sans chercher à susciter de réaction dénotait une forme de perversité. Ça lui coupait le souffle.

Elle rentra à la hâte et se précipita auprès de Sister, qui se trouvait dans la nurserie avec Miriam. Indignée, elle lui raconta combien elle s'était sentie déshonorée de voir que toutes ces magnifiques tenues étaient allées directement de leur précieuse Miriam, « deux ans seulement, et qui pleure si elle n'a pas un petit bracelet de diamant au poignet », à Luvadia Sapp, « ce tas de graisse juste bon à nourrir les alligators, qui passe la journée à se traîner sur le plancher crasseux d'une baraque délabrée au fin fond d'un bois ».

« Pourquoi diable Elinor ferait une chose pareille ? », s'écria Mary-Love de frustration, incapable de comprendre les réactions de sa belle-fille.

Sister grimaça.

« Maman, Elinor est en colère.

— Qu'est-ce que j'ai encore fait ?

— Elle n'est pas en colère contre toi, mais parce que le chantier de la digue a commencé. Et tu sais qu'elle la déteste autant que toi et moi on déteste l'enfer et les Républicains. »

Mary-Love examina d'abord le visage de Sister, puis dehors la maison d'Elinor, comme si la façade, dans son agencement de fenêtres aux rideaux ouverts et fermés, pouvait apporter une confirmation à l'hypothèse de Sister. Elle baissa ensuite les yeux vers Miriam qui jouait sur la moquette et répondit : « Sister, peut-être bien que tu as raison après tout. »

Fin février, Frances attrapa un petit rhume qui, selon Roxie, n'était pas plus grave que ce que n'importe quel enfant pouvait attraper à cet âge et à cette période de l'année. Le docteur Benquith l'ausculta et tomba d'accord avec le diagnostic de Roxie. Malgré ces paroles rassurantes, Elinor persista à croire que sa fille était en danger. Elle annonça à Oscar qu'elle dormirait avec Frances au cas où celle-ci éprouve des difficultés à respirer. N'osant pas jouer avec la santé de sa fille, Oscar acquiesça. On fit installer un lit d'appoint dans la nurserie et Elinor déserta celui de son mari.

Frances parut se rétablir rapidement, mais Elinor continua à la veiller jour et nuit. Mary-Love et Sister pressentirent qu'Elinor restait au chevet de Frances non pas pour la protection et le confort de sa fille, mais pour que personne ne se rende compte que la petite était effectivement guérie. Quoi qu'il en soit, réelle ou fictive, la maladie de Frances s'éternisa et Elinor demeura cloîtrée chez elle. Les parties de bridge du mardi étaient son seul contact avec la société de Perdido. Elle insista pour qu'elles aient lieu chez elle toutes les semaines sans tenir compte du roulement, le temps que son enfant soit hors de danger.

Elinor ne voyait quasiment que Queenie Strickland. Celle-ci croyait en la maladie de Frances, ne serait-ce que par intérêt stratégique. Elle apportait à Elinor des articles de journaux sur les maladies infantiles et le moyen de les guérir. Elle achetait à la pharmacie des traitements de charlatan, des flacons au col desquels elle nouait des rubans roses avant de les balancer comme un pendule devant le visage de Frances. Tous les jours, elle venait prendre de ses nouvelles et raconter à Elinor les progrès du chantier. Seule Queenie était autorisée à lui parler de la digue. Les deux femmes s'installaient sur la balancelle de la véranda, et Elinor, lèvres pincées et yeux rivés sur la Perdido par-delà la moustiquaire, écoutait attentivement son amie : « Hier après-midi, Sister est allée à Baptist Bottom et a embauché comme ça trois Noires pour travailler en cuisine. Elles vont être payées deux dollars par jour pour rien ficher d'autre que faire à manger pour soixante-quinze hommes. Si seulement *moi* je pouvais recevoir la même somme pour nourrir Malcolm et Lucille ! Et puis à la scierie, ils ont démoli les petits entrepôts juste au bord de la rivière, et d'autres hommes les ont reconstruits tout pareils, mais dix mètres plus loin, et cette fois, ils installent des fenêtres parce que l'été il fait tellement chaud dedans que les ouvriers supportent pas d'y aller. Et puis Monsieur Avant et Early sont allés voir Monsieur Madsen – c'est bien là que Mary-Love achète ses pommes de terre, non ? – pour lui dire qu'ils lui donneraient deux dollars pour chaque chargement de terre qu'ils prendraient sur son terrain. Tu comprends, il a ce gros tas de terre à l'arrière de sa maison – on dit que c'est un ancien cimetière indien et que si on creuse tout au fond il y a encore des os, mais Monsieur Madsen dit que s'ils en trouvent, des os, il faudra qu'ils les emportent aussi avec leurs chargements. Il dit qu'il comptait s'en débarrasser de toute façon et se servir de la parcelle pour planter des patates, mais s'ils lui en offrent deux dollars, il les prendra volontiers, il n'a pas d'orgueil mal placé… »

Parce que Elinor écoutait ces nouvelles sans la moindre objection et qu'elle avait une fois prévenu son amie de ne raconter à personne qu'elle suivait tout ceci avec attention, Queenie comprit qu'il était de son devoir de découvrir tout ce qu'il y avait à savoir sur la digue et de le lui rapporter directement. C'était comme si Elinor avait été un souverain dans sa tour d'ivoire, et les ouvriers du chantier, ses sujets fomentant une révolution et érigeant des barricades. Queenie était l'espionne fidèle notant les moindres soubresauts du soulèvement afin que son souverain soit au courant de la situation tout en gardant l'apparence d'être au-dessus de telles peccadilles.

Les frères Hines poursuivaient les travaux du dortoir et de la cantine des futurs ouvriers. Early et Sister faisaient le tour de Baptist Bottom à la recherche de main-d'œuvre bon marché. Tous les jeudis, le *Perdido Standard* publiait de longs articles détaillant l'avancée du chantier ; on y trouvait toujours au moins une photographie d'Early Haskew. En bref, la ville se préparait doucement à voir le premier chargement de terre se déverser sur les berges de la Perdido. Et, alors même que ces événements se précipitaient dans un vacarme toujours croissant, Elinor Caskey demeurait chez elle, aveugle au tumulte et à la fureur.

LE VISITEUR NOCTURNE

Les travaux commencèrent sur la rive de Baptist Bottom, au sud de la confluence. Early fit venir de Pensacola, Mobile, Montgomery et même d'aussi loin que Tallahassee, des ouvriers qui passeraient un an ou presque à Perdido. Des carrières de trois comtés furent étendues et creusées jusqu'à la roche, et la terre extraite fut chargée sur des camions ou des carrioles à mule. Tous les matins, ces véhicules descendaient jusqu'à Perdido, empruntant les trois routes qui reliaient la ville au reste du monde. Quelques constructions avaient été rasées à Baptist Bottom et on y déversa ces chargements qu'une armée de Noirs répartit et aplanit à l'aide de pelles flambant neuves. Le premier mur d'argile ressemblait au château de boue démesurément grand qu'un enfant aurait bâti, si bien que tous se demandèrent comment une construction d'apparence aussi fragile pourrait résister aux eaux de la rivière si elles décidaient de monter.

Jour après jour, les habitants de Baptist Bottom se rassemblaient et regardaient des heures durant, sans jamais se lasser, les mêmes actions se répéter : la terre et l'argile qu'on décharge, la terre et l'argile qu'on hisse au sommet du monticule sous la direction du contremaître, la terre et l'argile qu'on tasse. De l'autre côté de la rivière, dans le champ derrière l'hôtel de ville, un rassemblement identique de flâneurs blancs se livrait à la même activité. Pour les deux groupes de spectateurs, l'opération semblait si lente et laborieuse qu'ils n'imaginaient pas que les travaux soient jamais achevés du vivant de leurs enfants. Peut-être Early Haskew n'était-il qu'un beau parleur et rien d'autre. Ne valait-il pas mieux tout arrêter immédiatement ?

Un mois plus tard, l'un des badauds les plus matinaux posté derrière l'hôtel de ville vit, de l'autre côté de la Perdido, le monticule terreux d'un nouvel œil. Celui-ci, qui avait d'abord semblé à l'homme chétif et informe, lui apparut en ce jour ensoleillé, et quoiqu'il n'y eût pas de changement majeur depuis la veille, comme une vision future de ce que la digue serait une fois achevée. Interloqué par cette révélation, cet homme fit part de sa découverte à un autre. La sidération du second fut encore plus grande, car lui aussi *voyait* subitement, alors qu'il avait été l'un des plus fervents détracteurs du projet. Le mot – ou plutôt la vision – circula d'homme en homme et de femme en femme, si bien que tout Perdido se rendit bientôt à Baptist Bottom pour examiner la chose de près. Lorsque Early passa au volant de son auto, il fut accueilli par un tonnerre d'applaudissements. La digue était devenue la gloire de la ville.

Ce remarquable rempart mesurait huit mètres de large à sa base, environ six mètres de haut – selon son emplacement en ville – et quatre mètres de large au sommet. Lorsqu'un tronçon de vingt mètres était fini, on ajoutait au sommet et sur les côtés une couche supplémentaire de terre fertile dans laquelle on semait de l'herbe. Des Noires de Baptist Bottom furent chargées de déterrer dans la forêt de la salsepareille, des cornouillers, du houx et des roses sauvages qui étaient ensuite replantés dans les murs d'argile rouge. Afin de se prémunir davantage de toute érosion, Early fit planter au pied de la digue du kudzu dans des trous remplis de fumier de vache. On lui avait assuré que, peu importe la quantité, aucun engrais ne pourrait brûler les racines de cette plante grimpante.

Morris Avant, qui s'entretenait avec l'ingénieur tous les jours, lui fit remarquer que plus il y avait d'hommes sur le chantier, plus vite la digue serait terminée. Early se livra à quelques calculs, discuta encore avec Morris et ses contremaîtres, puis il alla voir le conseil municipal et leur demanda de débloquer des fonds pour la construction d'un second dortoir. Les économies faites sur l'achèvement anticipé du projet compenseraient le surcoût de ces travaux. Le conseil dit à Early de faire ce qu'il jugeait nécessaire, et les frères Hines se mirent au travail dès le lendemain.

Early n'eut aucun problème à remplir le nouveau bâtiment. En effet, partout du sud de l'Alabama et du Mississippi jusqu'en Floride, la nouvelle s'était répandue que Perdido offrait un travail rémunéré, en plus du gîte et du couvert. Aussi, lorsque les frères Hines finirent le second dortoir et que deux Noires eurent été recrutées pour aider en cuisine, tous les hommes qui souhaitaient travailler sur le chantier purent être logés. Ils débarquaient d'on ne sait où, surgissaient sans crier gare de la forêt ou arrivaient en ville à l'arrière d'une charrette, à moins qu'ils n'aient simplement fait la route à pied depuis Atmore. Ils se faisaient appeler par un surnom et le passé de chacun semblait n'être que zones d'ombre.

Ils travaillaient tellement dur toute la journée, que c'était un mystère qu'ils arrivent encore à tenir droit sur leur chaise pendant le repas du soir. Les ouvriers du chantier n'en mangeaient pas moins avec voracité et paraissaient ignorer le sens du mot *fatigue*. La nuit, ils envahissaient les rues de Perdido, et désormais, les habitants verrouillaient leurs portes. Les hommes de la digue faisaient du grabuge et consommaient de grandes quantités d'alcool distillé à Little Turkey Creek. Tous les jours, deux petites Indiennes sur le dos de leur vieille mule en apportaient presque quarante litres qu'elles vendaient directement aux dortoirs avant d'aller à l'école, confiant les bénéfices de leur commerce à la maîtresse jusqu'à la fin de la classe. À Baptist Bottom, Lummie Purifoy ouvrit un tripot clandestin où sa fille de dix ans, Ruel, servait du tord-boyaux à pleines louches. Deux Blanches, chuchotait-on, étaient arrivées de Pensacola à bord d'une auto conduite par un Noir en manteau jaune. Ces *dépravées* avaient même loué une maison à Baptist Bottom dont la porte n'était jamais close à qui s'y présentait muni d'un dollar en argent. Les trois policiers de Perdido se tenaient à distance des frasques nocturnes des ouvriers – malgré leurs pistolets, ils n'étaient pas de taille à lutter contre cent soixante-quinze costauds bien imbibés. Par chance, ces hommes avaient tendance à rester entre eux une fois la nuit tombée. Il arrivait que trois ou quatre s'égarent sur Palafox Street où, titubants, on les voyait s'adosser aux vitrines des magasins et s'endormir. De temps en temps, ils semaient le trouble au *Ritz*, émettant des bruits obscènes et des commentaires graveleux sur le film à l'écran. Plus rarement encore, un Noir devait bloquer l'entrée de chez lui et demander grâce pour la pureté de sa fille tandis qu'elle s'enfuyait par-derrière.

Néanmoins, ces ouvriers blancs – des vauriens, grossiers et potentiellement dangereux – étaient un mal nécessaire. Dans plus ou moins un an, ils seraient partis, alors que la digue qu'ils construisaient protégerait Perdido pour l'éternité.

L'été 1923, la ville entière empestait l'odeur âcre de la transpiration. Le chantier sur la berge est de la rivière était fini. Deux escaliers en béton avaient été construits de chaque côté de la digue, et un chemin en terre battue longeait son sommet. C'était un lieu de promenade prisé de la population noire après la messe du dimanche. Les enfants y jouaient à longueur de journée. Des fenêtres de l'hôtel de ville, la digue apparaissait comme un gigantesque mur rouge vif, qui devenait brillant après la pluie et qui, désormais, dominait le paysage.

Les travaux s'étaient déplacés derrière l'hôtel de ville. À présent, on avait l'impression qu'après la confluence, la Perdido s'écoulait le long d'une profonde rigole vermeille. Déjà, la rivière semblait avoir perdu de sa hargne et de sa fierté.

La chaleur constante épuisait les ouvriers, mais au lieu de tempérer leurs esprits la nuit venue, la météo accablante semblait les pousser à boire en plus grandes quantités et à se défouler avec plus de véhémence et de raffut. Lors de ces nuits d'été, alors que les citoyens respectables prenaient l'air sous leur porche après le dîner, le vacarme des hommes de la digue de l'autre côté de la rive était un grondement lointain mais constant, ponctué ici et là par un cri distinct. On s'éventait en faisant grise mine, on poussait des soupirs, on marmonnait à voix basse : « Quel soulagement ce sera quand ils repartiront d'où ils sont venus. » Aussi, du côté le plus sûr de la rivière, on se mit à graisser et charger les fusils qui d'ordinaire n'étaient sortis qu'à la saison de la chasse, pour les déposer dans le coin derrière la porte d'entrée. La crainte inexprimée était que les deux Blanches de Pensacola, qui avaient scandaleusement élu résidence à Baptist Bottom, ne suffiraient pas à pourvoir aux *besoins* des ouvriers.

Une nuit de canicule, alors que l'on s'éventait, soupirait et marmonnait, le téléphone sonna vers vingt-deux heures chez Oscar Caskey – une heure trop tardive pour signifier autre chose qu'une urgence. Comme à leur habitude, Oscar et Elinor prenaient le frais dans leur véranda à l'étage, et Oscar alla répondre. Il revint quelques minutes plus tard.

« C'est Florida Benquith, dit-il d'un ton alarmé. Elle paraît inquiète. »

Elinor se leva. Oscar s'attarda à côté du téléphone pour écouter ce qui se disait. Celle-ci parlait peu car Florida était une grande bavarde, tout particulièrement en cette occasion.

« Elinor, attaqua la femme du médecin sans préambule. Pardonne-moi de t'appeler aussi tard, mais je pense qu'il faut que tu saches ce qui s'est passé… ou plutôt ce que nous *pensons* qu'il s'est passé, parce que nous ne sommes sûrs de rien. Je viens d'envoyer Leo chez elle.

—Tu parles de Queenie ? demanda calmement Elinor.

—Bien sûr que je parle d'elle ! J'étais dans la cuisine en train de ranger la vaisselle. J'avais laissé la fenêtre ouverte pour avoir un peu d'air, quand j'ai entendu des cris qui venaient de sa maison... Et ce n'était pas elle qui hurlait contre ses enfants, c'était la voix de Queenie et celle d'un homme. Alors je me suis demandé avec qui elle se disputait. J'ai donc éteint les lumières et je suis allée me mettre sous le porche pour voir ce qui se passait. Tu comprends, je ne voulais pas qu'ils croient que je les espionnais, et puis ça n'est pas du tout ce que je faisais, je voulais juste m'assurer qu'elle allait bien... Quoi qu'il en soit, j'avais beau écouter, je n'arrivais pas à savoir ce qu'ils criaient, mais bon Dieu, ils y allaient fort ! Et puis voilà que j'entends Queenie hurler : "Non !" Et plus rien. Elinor, je te le dis sincèrement, j'ai commencé à avoir très peur.

—Qu'est-ce que tu as fait ?

—J'ai couru chercher Leo. Il lisait dans le salon. Je l'ai fait venir sous le porche et je lui ai raconté ce que j'avais entendu, alors on est restés tous les deux à écouter, mais on n'entendait pas grand-chose. À vrai dire, on n'entendait plus rien du tout, donc je lui répète ce que j'ai entendu et il me dit que c'est sûrement James Caskey qui lui reproche d'avoir dépensé trop d'argent chez Berta Hamilton. Et moi je lui demande pourquoi ils ont éteint les lumières dans ce cas. Et là, il ne trouve rien à répondre, donc on reste là dans le noir, et je dis à Leo qu'on devrait peut-être lui passer un coup de fil, juste pour être sûrs qu'elle va bien. Et lui me répond que c'est une bonne idée, mais quand je m'apprête à rentrer pour téléphoner, il me prend par le bras et chuchote : "Arrête-toi." Alors c'est ce que je fais, et quand je regarde de l'autre côté de la cour, il y a quelqu'un qui est en train de sortir de chez Queenie par la porte de derrière. Un homme.

— Quel homme ?

— C'est justement ça qui nous inquiète car on ne sait pas. Mais, Elinor, on est quasiment sûrs, Leo et moi, qu'il s'agit d'un des ouvriers du chantier ! Il s'est attardé quelques instants devant la maison, il a bien regardé partout, puis il est parti en courant. Je *sais* que c'est un ouvrier du chantier. J'en suis certaine. Je crois qu'il est arrivé quelque chose à Queenie, c'est pour ça que j'ai envoyé Leo chez elle. Je lui ai dit de ne même pas frapper, et c'est ce qu'il a fait. Maintenant, je vais le rejoindre. Je crois que tu devrais venir aussi, Elinor. »

Lorsque Florida eut raccroché, Elinor se tourna vers son mari et dit : « Il semblerait qu'un de tes hommes de la digue soit entré chez Queenie Strickland et l'ait violée. »

Dans la pénombre de sa chambre, Queenie pleurait sur son lit. Elle avait enfilé une jupe à la hâte mais ne s'était pas donné la peine de la boutonner entièrement. Son jupon était souillé et déchiré, et un gilet couvrait ses épaules meurtries d'ecchymoses. Florida lui avait préparé une tasse du thé russe d'Elinor, mais Queenie n'y avait pas touché. Lorsque Elinor et Oscar arrivèrent, Florida dit aussitôt : « Elinor, il faut absolument que tu lui parles. Elle refuse qu'on appelle Monsieur Wiggins. »

Aubrey Wiggins était le chef de la petite police de Perdido.

Revenant de la cuisine, Leo Benquith entra dans la pièce.

« Docteur Benquith, est-ce qu'elle va bien ? », demanda Elinor.

Le médecin secoua la tête.

« Elinor, ce qu'il s'est passé ici ce soir…

— Je sais, je sais », répondit-elle d'un ton rassurant en s'asseyant sur le lit et passant son bras autour des épaules de Queenie.

Oscar, qui se tenait à côté sans trop savoir quoi faire, dit maladroitement : « Queenie, est-ce que tu avais fermé la porte à clé ? »

Elle ne faisait attention à personne et continuait à sangloter.

« Où sont les enfants ? poursuivit Oscar.

— Dieu merci, ils dormaient et ne se sont pas rendu compte de ce qui s'est passé, répondit Florida. Je les ai envoyés chez moi. Ils vont bien.

— Tu ne leur as rien dit, j'espère ? fit sèchement Elinor.

— Évidemment que non ! Elinor, il faut qu'on fasse quelque chose. Cet homme est entré dans la maison et il a... » Par considération pour Queenie, elle ne finit pas sa phrase, mais le ton employé était équivoque. « On *doit* appeler Monsieur Wiggins. »

Queenie se pencha et serra désespérément la main d'Elinor, comme pour lui indiquer qu'elle n'était pas d'accord.

« Non, répondit Elinor. N'appelle pas Monsieur Wiggins. On ne veut pas ébruiter l'affaire. D'ailleurs, Florida, ajouta-t-elle en regardant l'épouse du médecin droit dans les yeux, je t'interdis de dire quoi que ce soit à quiconque, tu comprends ?

— Elinor... commença Oscar avant d'être interrompu par Leo Benquith.

— La même chose pourrait arriver à d'autres femmes, Elinor. Il faut qu'on retrouve cet homme et qu'on le pende immédiatement ! Ou qu'on le mette dans le prochain train pour l'Alaska, qu'importe. Queenie, pensez-vous pouvoir le reconnaître ? »

Queenie retint sa respiration. D'un œil las, elle scruta la chambre et soutint le regard de chaque personne qui s'y trouvait. Enfin, elle ravala un sanglot et murmura :

« Oui. Je le connais.

—Alors nous devons immédiatement envoyer Monsieur Wiggins au dortoir des ouvriers et traîner cet homme en prison. Dès que vous vous sentirez…

—Non ! », cria Queenie.

Il y eut un silence, et Elinor demanda : « Queenie, qui est-ce ? »

Assise sans bouger, Queenie tentait de maîtriser ses tremblements. Elle ferma les yeux.

« C'est Carl… dit-elle au bout d'un moment. C'est mon mari. »

L'affaire était donc close. Leo et Florida Benquith retournèrent chez eux. Le docteur ne dirait rien, car il était tenu au secret médical. Lui et Elinor firent jurer à Florida de ne pas en souffler un mot à qui que ce soit. Laissant Malcolm et Lucille aux soins des Benquith, Oscar et Elinor emmenèrent Queenie avec eux. Ils rentrèrent discrètement, dans l'espoir d'échapper à l'attention constante de Mary-Love.

Dans la salle de bains, Elinor déshabilla Queenie et lui fit prendre un bain brûlant aux sels parfumés. Assise immobile, Queenie laissa son amie lui savonner le corps. Cette nuit-là, les deux femmes dormirent ensemble dans le grand lit de la chambre d'ami.

Le lendemain matin, tandis que Queenie touchait à peine à son petit déjeuner, Elinor, assise près de la fenêtre, découpa tous les vêtements que la victime avait portés la veille. Et quand elle commença à jeter les lambeaux de tissu dans la cuisinière de Roxie, elle força Queenie à regarder.

Carl Strickland avait fini par retrouver son épouse. Ça n'avait pas dû lui demander beaucoup d'efforts, car les Snyder – la famille de Queenie – étaient presque tous morts, et ceux qui ne l'étaient pas vivaient dans la misère. En toute logique, Queenie ne pouvait être qu'à Perdido, où son riche beau-frère possédait une scierie et un terrain boisé assez vaste pour y nicher un million d'oiseaux. Sans le sou, famélique, déchu du peu de respectabilité dont sa femme l'avait doté, Carl s'était traîné ici depuis Nashville. Il avait trouvé un emploi comme ouvrier sur le chantier. Après une demi-journée de travail, il avait localisé la maison de son épouse. Prise de pitié, Queenie l'avait fait entrer, et il lui avait demandé de l'argent. Lorsqu'elle avait refusé, ils s'étaient disputés. Il l'avait frappée, violée, puis il s'était enfui dans les ténèbres.

Tôt le lendemain matin, Oscar se rendit au chantier derrière l'hôtel de ville, où travaillaient les ouvriers les moins qualifiés, et trouva sans peine Carl Strickland, qui à contrecœur aidait à décharger une carriole d'argile. Grand et maigre, l'homme avait un visage émacié dont chaque ride reflétait sa rancœur envers le monde. D'une voix cordiale, Oscar le héla et dit : « Vous êtes Carl Strickland. Nous nous sommes rencontrés à l'enterrement de Genevieve. »

Le ton amène des paroles d'Oscar fit sourire Carl, car il savait que la belle-famille de Queenie était riche et, pour une raison ou une autre, s'était persuadé qu'ils lui donneraient peut-être un coup de pouce.

« C'est ça. Moi aussi j'me rappelle de vous. Vous êtes m'sieur Caskey, le neveu de James. Pour sûr, Genevieve vivait la belle vie, avec un mari comme ça. Vous avez autant de fric que lui ? »

Oscar sourit, regarda avec curiosité autour de lui les hommes qui travaillaient, puis il baissa les yeux sur ses chaussures avant de les lever à nouveau sur Carl.

« Monsieur Strickland, j'ai quelque chose à vous dire...

— Quoi ?

— Vous feriez mieux de remballer vos affaires et de sauter à bord du prochain véhicule qui quitte la ville. »

Le sourire et les espérances de Carl s'envolèrent aussi vite qu'ils étaient apparus. Il ne dit rien, mais son visage afficha une expression mauvaise.

« Monsieur Strickland, poursuivit impitoyablement Oscar. Je crois savoir que vous avez rendu visite à votre femme hier soir.

— Exact.

— Queenie s'est plainte de votre visite auprès de moi. Je crois qu'il vaudrait mieux que vous n'y retourniez plus. Je crois que la meilleure chose à faire serait que vous laissiez tomber votre travail sur le chantier – c'est terriblement épuisant, Monsieur Strickland, et le soleil brûlant n'aide pas... » Oscar plissa les yeux face au soleil matinal. « Vous devriez laisser tomber votre travail et partir pour un endroit plus frais... plus lointain.

—Je peux pas me le permettre, répondit Carl. J'ai pas d'argent pour nulle part. Et puis, Queenie est ma femme. J'ai le droit à être dans cette ville. J'ai le droit à bosser sur ce chantier. D'où vous osez venir ici et me dire...

—Monsieur Strickland, vous venez de perdre votre emploi sur ce chantier. Désormais, plus rien ne vous retient à Perdido, dit Oscar en sortant une enveloppe de sa poche. Maintenant, si l'on considère les bons et loyaux services que vous avez rendus à notre ville en participant à la construction de la digue, ainsi que les bénéfices tirés du fruit de votre travail, Perdido est fière de vous remettre soixante-quinze dollars en liquide, Monsieur Strickland. »

Oscar fourra l'enveloppe dans la poche de chemise de Carl.

« En plus de l'argent, vous trouverez les horaires des trains qui partent vers le nord depuis la gare d'Atmore, et ceux qui partent vers le sud. La ville ignorait dans quelle direction vous compteriez voyager cet après-midi, Monsieur Strickland.

—Je vais aller nulle part. »

Oscar se tourna et lança un regard vers l'automobile qui l'avait conduit sur le site. Comme mû par un signal, un homme, qui était resté assis dans l'habitacle à s'éventer avec son chapeau, sortit et se dirigea vers Oscar et Carl.

« Fait rudement chaud pour cette heure de la journée, dit l'homme tout en adressant un signe de tête à Carl.

— Monsieur Wiggins, fit Oscar, voici Carl Strickland. Nous sommes parents par alliance.

— Comment allez-vous ? », répondit Aubrey Wiggins, un homme mince qui transpirait abondamment et semblait souffrir de la chaleur autant que s'il avait pesé le double de son poids.

Carl lui fit un signe de tête en retour.

« Monsieur Wiggins est le chef de notre police, expliqua Oscar. C'est lui qui va vous conduire à Atmore. »

Aubrey Wiggins sortit un mouchoir jaune de sa poche arrière et s'essuya le front.

« Vous faites pas de souci, Monsieur Strickland. Je vais m'assurer qu'on y soit en avance. Où c'est donc que vous allez voyager ? En direction de Montgomery ? À moins que vous ne passiez par Mobile. Oscar, tu sais que ma mère est née à Mobile ?

— J'ai eu le plaisir de la rencontrer une fois, répondit Oscar. Une dame charmante.

— Je l'aime de tout mon cœur, dit Aubrey Wiggins, tandis qu'une lointaine vision embrumait un instant son regard. Monsieur Strickland, vous voulez qu'on passe d'abord au dortoir ? J'imagine que vous avez des affaires à récupérer.

— Je vais aller nulle part », répéta Carl.

Oscar regarda Carl, puis Aubrey Wiggins. Il tira sa montre de sa poche et dit :

« Seigneur, le temps file ! Aubrey, il faut absolument que je retourne à la scierie. Enchanté de vous avoir revu, Monsieur Strickland. Et surtout, n'oubliez pas de nous envoyer la carte postale d'un iceberg.

— Je vais aller nulle part ! », hurla Carl tandis qu'Oscar s'éloignait.

Celui-ci sourit, monta dans l'auto et leur adressa un salut en démarrant.

Aubrey Wiggins, qui avait sorti une nouvelle fois le mouchoir de sa poche, s'essuya la nuque.

« Le train pour Mobile est à quatorze heures, celui pour Montgomery à quinze. On sera à temps pour l'un comme pour l'autre. Vous avez une préférence, Monsieur Strickland ? »

QUEENIE ET JAMES

Chaque personne impliquée dans l'incident jura avoir gardé le silence, pourtant tout Perdido sut ce qu'il était arrivé à Queenie. Les soupçons se portèrent évidemment sur Florida Benquith, mais elle n'avoua jamais la moindre indiscrétion. Heureusement pour Queenie, après quelques jours de commérages intenses alimentés par son refus d'évoquer le drame ou même de reconnaître qu'il avait eu lieu, le sujet retomba de lui-même. Trois ou quatre mois plus tard, cependant, l'intérêt pour lui refit surface lorsqu'il fut impossible de nier que la silhouette déjà ronde de Queenie continuait à s'arrondir à vue d'œil.

Queenie ne pouvait pas nier sa grossesse, ni le fait que celle-ci avait été hautement non désirée. La nouvelle se répandit aussi sûrement que si elle avait été en une du *Perdido Standard* avec une photographie d'elle flanquée de ses deux enfants et la légende *Le troisième est pour bientôt*.

Mary-Love n'en dormait plus. La réputation des Caskey était salie, car aux yeux de tous Queenie était sous la protection de la famille. Qu'une parente éloignée engendre involontairement la progéniture d'un homme de la digue – même s'ils étaient mariés –, jetait l'opprobre sur la famille. Mary-Love n'adressa plus la parole à Queenie et déclara qu'on devrait l'attacher à son lit pour le restant de sa grossesse. Elle frissonnait chaque fois qu'elle entendait dire que Queenie avait été vue dans la rue.

« Cette femme promène avec elle son déshonneur et le nôtre ! »

La nouvelle affecta durement James. Il imagina – à raison – que Mary-Love lui en ferait porter le blâme : s'il n'avait pas épousé Genevieve Snyder, sa sœur ne se serait pas installée à Perdido et ce diable de Carl Strickland ne l'aurait jamais rejointe et ainsi de suite. Cette triste affaire éclairait d'une lumière nouvelle le passé de Queenie. Des sept ans qu'avait duré son mariage, Genevieve en avait passé cinq à Nashville avec sa sœur. James avait, bien entendu, rencontré Queenie plusieurs fois, il était même allé la voir à Nashville dans le but de faire signer à son épouse des documents importants. Il savait qu'elle était mariée à un certain Carl Strickland – James ne l'avait vu qu'une seule fois et se rappelait un homme maussade et insignifiant, mais vêtu convenablement, et rien chez lui ne laissait entrevoir un caractère violent. Et voici que l'on retrouvait ce même Carl en ouvrier déguenillé et misérable capable de violer sa propre femme. James avait beaucoup de peine pour Queenie, mais il ne pouvait s'empêcher de se demander comment Genevieve avait pu cohabiter cinq ans avec cet horrible personnage. Certes son épouse n'avait pas été une femme aimable, mais elle avait toujours été distinguée. En cela, elle était supérieure à Queenie, aussi James trouvait-il inconcevable qu'elle eût accepté de vivre sous le même toit qu'un homme dont la destinée était de finir travailleur itinérant. L'image que s'était faite James de Genevieve vivant paisiblement avec sa sœur et son beau-frère dans leur grande maison blanche à Nashville, volait subitement en éclats. S'il s'était trompé sur ce point, qu'en était-il du reste ? Ce furent ces doutes concernant le passé de sa femme qui le poussèrent à frapper à la porte d'Elinor un après-midi de novembre afin de lui demander ce qu'elle savait de la vie du couple Strickland à Nashville.

« Je n'en ai pas la moindre idée, répondit Elinor.

— Queenie t'aime énormément, dit James. Si elle devait se confier à quelqu'un, ce serait à toi.

— Alors elle n'a rien dit à personne. Et puis, je ne vois pas quel besoin tu as de savoir, dit-elle sèchement. Queenie a déjà suffisamment souffert, et ses ennuis ne font que commencer.

— Cet homme va revenir ?!

— Non, non, dit Elinor précipitamment. Oscar le tuerait. Ou Queenie. Ou moi. Mais elle va donner naissance à *son* enfant.

— Au moins, ce n'est pas un enfant illégitime.

— Il l'a *violée*. Ce ne sera pas un enfant heureux, James. Alors, pourquoi ces questions à propos de Queenie et Carl ? »

Lorsque James lui eut expliqué ses raisons, Elinor se radoucit.

« D'accord, je comprends. Mais je n'ai vraiment aucune idée du type de vie qu'ils menaient. Pourquoi ne pas demander directement à Queenie ? Je suis sûre qu'elle te dira tout si tu es franc avec elle. »

James admit à contrecœur qu'il n'y avait probablement pas d'autre moyen d'apaiser ses doutes, bien qu'il répugne à s'immiscer dans l'intimité de sa belle-sœur. Quand il avait appris ses déboires, James avait fait le tour des commerces et augmenté le plafond du crédit dont elle bénéficiait. Il ne lui avait rien dit, et puisqu'elle n'avait pas profité de ses largesses, il soupçonnait qu'elle ignorait tout de son petit geste de compassion.

James appela Queenie de chez Elinor. De la voix enjouée qu'il prenait toujours au téléphone, il dit : « Bonjour Queenie, James à l'appareil. Écoute, je suis chez Elinor qui me dit que tu n'as rien de prévu ce soir. Est-ce que tu pourrais venir chez moi qu'on bavarde un peu ? Ça fait si longtemps ! Non, dépose Lucille et Malcolm chez Elinor, ils joueront avec Zaddie. Je vais dire à Grace de les rejoindre, comme ça on pourra discuter tranquillement ! »

« Elinor, dit-il d'un ton d'excuse lorsqu'il eut raccroché, je crains d'avoir rempli ta maison d'enfants pour la soirée.

— Ça ne m'embête pas, James. Ils sont peut-être bruyants partout ailleurs, mais chez moi les enfants se tiennent toujours correctement. J'ignore pourquoi.

— Ils ne dérangeront pas Frances ?

— Ne t'en fais pas, rit-elle. Même si j'essayais, pour rien au monde je n'arriverais à les faire monter à l'étage. Ils disent que la maison leur fait peur. Qu'il y a des fantômes ou je ne sais quoi dans une des penderies. Et dire que c'est la maison la plus récente de toute la ville. »

James examina la pièce d'un air perplexe, puis il remercia Elinor et prit congé.

Il n'avait pas revu Queenie depuis un moment, et la différence la plus notable n'était pas son ventre protubérant mais son calme hébété. C'était comme si elle avait été impitoyablement châtiée pour une faute dont elle n'avait pas connaissance. Et en même temps, James la jugeait aussi avec les yeux de Mary-Love. C'était une habitude, car Mary-Love représentait pour lui l'arbitre des questions morales. De ce point de vue, Queenie semblait avoir gagné en respectabilité. Ils s'installèrent dans le salon, James sur un siège à bascule et Queenie sur le canapé bleu qui avait appartenu à Elvennia Caskey. Au début, Queenie n'osa pas croiser son regard, elle frottait de manière compulsive le tissu en velours, dans un sens puis dans l'autre, ce qui semblait accaparer toute son attention.

« James, dit-elle enfin, je m'en veux terriblement de ne pas être venue ici plus tôt pour te remercier dès que je me suis rendu compte.

— Rendu compte de quoi ? Ça me fait très plaisir de te revoir, ajouta-t-il en aparté.

— Moi aussi, ça me fait plaisir. Je me suis rendu compte que tu avais augmenté mon crédit partout en ville. Berta Hamilton m'a montré tout ce qu'elle venait de recevoir et m'a proposé de prendre ce que je voulais. Et ça a été partout pareil. James, Monsieur Gully a voulu m'offrir une flotte d'autos assez grande pour terrasser le Kaiser !

— Queenie, si tu veux vraiment terrasser le Kaiser, je t'offrirai moi-même ces autos ! »

Queenie éclata de rire, mais sa joie disparut presque aussitôt.

« James Caskey, dit-elle en le regardant dans les yeux pour la première fois, quand je suis arrivée à Perdido, j'ai cru que j'allais être heureuse. J'ai cru que j'allais être heureuse pour le reste de ma vie.

— Personne n'est heureux aussi longtemps, Queenie.

— Je suppose que tu as raison, dit-elle en secouant la tête. James, qu'est-ce que tu voulais me dire ? Pourquoi tu m'as fait venir si précipitamment ?

— Je veux te demander quelque chose.

— Quoi ? »

La bouche de James eut un tic nerveux.

« Te demander quelque chose à propos de Carl, dit-il au bout d'un moment.

— Je croyais que tout le monde était au courant.

— Au courant de quoi ?

— Que je porte son enfant, répondit-elle en se tapotant le ventre.

— Bien sûr que c'est son enfant, confirma-t-il. Carl est ton mari. De qui d'autre l'enfant pourrait-il être ? Queenie, je voudrais en savoir plus sur Carl et toi à Nashville. C'est pour ça que je t'ai demandé de venir.

— Sur nous ? Je ne comprends pas. »

James haussa les épaules. Il ne savait pas comment formuler poliment ce qu'il avait à demander.

« Tu sais, James, reprit Queenie après un silence, Carl n'était pas souvent à la maison.

— Ah ?

— C'est ça que tu voulais savoir ? Carl Strickland boit, il fait beaucoup de choses peu recommandables, ce n'est pas quelqu'un de fréquentable et – Dieu merci ! – il était absent la plupart du temps. Qu'est-ce que tu crois que Lucille et Malcolm seraient devenus si j'avais laissé leur père les éduquer ? Oh, je sais comment sont ces enfants, je sais qu'ils ne seront jamais autorisés à venir ici tant qu'ils n'apprendront pas à traverser une pièce sans casser quelque chose, mais j'ai fait du mieux que j'ai pu...

— Queenie...

— Oh ! s'exclama celle-ci avec un cri qui ressemblait à un soupir. Genevieve ne pouvait pas le supporter ! Elle le détestait, et réciproquement. Quand elle venait me voir, il quittait aussitôt la maison. C'est pour ça que, quand je ne supportais plus sa présence, j'appelais Genevieve et je lui disais de venir le plus tôt possible. James, je suis désolée, sincèrement. Je suis désolé de t'avoir tenu éloigné de ta femmc, parcc que c'est bien ce que j'ai fait. »

Elle n'était pas tout à fait sur le point de pleurer, mais elle se remit à frotter vigoureusement le velours du canapé.

« Tout va bien, Queenie. Je suis heureux que tu m'en aies parlé. »

Ce récit restaurait l'image que James avait de sa défunte épouse ; elle les avait délaissés, lui et sa fille, pour des raisons qui n'étaient pas purement égoïstes. Ses doutes aussi étaient dissipés. Mais sa curiosité n'était pas tout à fait satisfaite. Il lui demanda :

« Lorsque Carl quittait la maison, où allait-il ?

— Je ne sais pas. Je ne lui ai jamais posé la question. Mais il ne devait pas aller bien loin, car dès l'instant où Genevieve franchissait la porte avec sa valise, il était de retour. Peut-être qu'il vivait dans la maison d'à côté et qu'il nous surveillait par la fenêtre. Ça aurait été son genre, Carl est un sournois.

— Où est-ce qu'il travaillait ?

— Il était employé par la compagnie d'électricité. Il déblayait des terrains. » Queenie arrêta de jouer avec le tissu du canapé et leva les yeux vers James. « James, tu t'es toujours montré bon avec moi. Et me voilà assise sur ton canapé à te mentir. Enfin, ce ne sont pas vraiment des mensonges, disons que j'embellis la vérité. Carl Strickland est un bon à rien. Il l'était quand je l'ai épousé, il l'était quand il est venu à Perdido, et il l'était chaque jour entre les deux. C'est vrai, il a travaillé pour la compagnie d'électricité, mais il s'est fait virer quand ils se sont rendu compte qu'il volait. J'ignore quoi. Et puis il a été en prison – deux fois. Une fois parce qu'il a tabassé un homme pour Dieu sait quelle raison, l'autre pour avoir tailladé au rasoir le bras d'une femme. C'est dans ces moments-là que Genevieve venait vivre avec moi, quand Carl était en prison, parce que j'avais peur d'être seule et que je n'avais pas d'argent. C'est comme ça que Lucille, Malcolm et moi nous sommes parvenus à vivre, grâce à l'argent que tu envoyais tous les mois à Genevieve. Lorsque Carl sortait de prison, Genevieve rentrait auprès de toi à Perdido. James, je sais que ma sœur avait un sale caractère et qu'elle te menait parfois la vie dure, mais tu n'as pas connu notre père ! Il la battait. Un jour, il lui a tiré dessus avec son revolver, et si je n'avais pas lancé un plateau sur sa main, elle se serait pris la balle en pleine tête. Quand papa s'est fait tuer dans la forêt – je ne sais pas dans quelles circonstances, et je n'ai pas envie de savoir –, on s'est retrouvées seules, Genevieve et moi. Notre frère Pony était déjà en Oklahoma. On a pris soin l'une de l'autre. Genevieve est allée à l'école, et moi, j'ai trouvé du travail. Quand Genevieve avait besoin d'aide, je l'aidais, et quand c'était moi qui avais besoin d'aide, elle m'aidait. On n'était peut-être pas éduquées ou très intelligentes, mais j'étais là pour elle et elle était là pour moi. Quand j'ai ouvert le télégramme et que j'ai appris qu'elle était morte, j'ai eu l'impression qu'on m'avait coupé un bras. James, toi aussi tu as pris soin de moi – alors que tu n'étais pas obligé de le faire –, c'est pourquoi j'estime que tu as le droit de savoir tout ça. Personne d'autre n'est au courant, même pas Elinor. Aussi, je te serais reconnaissante de ne pas en parler. »

Manifestement perturbé, James restait silencieux. Enfin, il se leva et se mit à faire les cent pas derrière le canapé où était assise Queenie, qui s'était remise à caresser le velours bleu.

« Queenie, y a-t-il quoi que ce soit que je puisse faire pour toi ? Quelque chose que tu voudrais et que je pourrais t'acheter ? Tu le sais, je serai toujours là pour m'occuper de toi, mais aussi de Lucille et de Malcolm.

— Tant qu'ils ne cassent rien dans cette maison, c'est ça ? dit Queenie avec un petit gloussement qui n'était pas sans rappeler ses anciennes manières, celles d'avant le drame. James Caskey, je ne veux rien du tout. Ou attends, si, il y a une chose, une petite chose...

— Dis-moi ? »

Elle se leva et rajusta sa jupe. Puis, se tournant vers lui, elle le fixa avec gravité.

« J'aimerais qu'un jour tu m'envoies un télégramme. Le coursier cognera à ma porte et dira : "Madame Strickland, vous avez reçu un télégramme." Alors je lui donnerai une pièce et j'irai m'asseoir sous le porche pour l'ouvrir. Dedans, il y aura marqué : "*Chère Queenie, je viens de mettre Carl Strickland six pieds sous terre dans un cercueil en marbre fermé par plusieurs cadenas.*" Voilà ce que je veux que tu fasses pour moi. Que tu m'envoies ce télégramme. »

LA PREMIÈRE PIERRE

Aussi intéressants que soient les problèmes de Queenie, ils ne faisaient pas le poids face à l'intense fascination qu'exerçait la digue. Les travaux avaient poursuivi leur cours, rencontrant moins d'obstacles qu'il n'y en aurait pour les tronçons de la Blackwater et de la Perdido en amont de la confluence. Après que l'État eut autorisé l'émission des obligations, celles-ci avaient été vendues, et l'argent, déposé à la banque de Perdido. La digue était déjà achevée des deux côtés de la rivière au sud de la confluence. Les habitants se félicitaient de ce que si les eaux montaient subitement, seules les scieries et les demeures de leurs propriétaires seraient détruites. Tout le reste – l'hôtel de ville, le centre, Baptist Bottom, les maisons des commerçants et des artisans, et même le quartier des hommes de la digue – serait épargné. Peu avant Noël 1923, les premiers chargements de terre furent déversés au niveau de la confluence, et la deuxième digue s'éleva graduellement le long de la rive nord-est de la Blackwater en direction du marais de cyprès – elle protégerait les scieries des Caskey, des Turk et des DeBordenave dont la prospérité avait, à l'origine, permis la construction des digues.

Celles-ci ne ressemblaient peut-être qu'à de gros tas d'argile, mais les habitants de Perdido étaient déjà tellement habitués à leur présence qu'elles ne leur paraissaient plus aussi laides. Les roses, les massifs de cornouillers, le houx et la salsepareille – et surtout, la vigne kudzu – avaient germé, faisant disparaître chaque jour davantage le rouge au profit du vert, du moins en ville. Le sentier qui courait au sommet de la digue sur la rive ouest de la Perdido était devenu la promenade favorite des Blancs après la messe ; vêtues de leurs plus beaux habits, les dames et leurs bonnes s'y saluaient courtoisement d'une digue à l'autre. Désormais, les citoyens levaient la tête et s'exclamaient avec véhémence : « Seigneur, je me suis tellement habitué à cette digue que j'en oublie même qu'elle existe ! » Ou bien, ils remarquaient : « Tout était si *plat* avant, je me demande pourquoi on n'y avait pas pensé plus tôt ! » D'autres tranchaient : « Cette digue vaut chaque centime qu'on a mis dedans, ne serait-ce que parce que nos enfants n'auront jamais à avoir peur d'une inondation. »

Bientôt, la section de la Blackwater fut aussi achevée. Elle prenait fin une centaine de mètres après la scierie des Turk, formant une pente abrupte qui descendait sur le faible monticule d'un cimetière indien. Cette pente devint l'aire de jeux préférée des garçons de Perdido – menés par le roi des trublions, Malcolm Strickland –, qui en firent un circuit pour leurs bicyclettes : partant des dortoirs, ils longeaient Baptist Bottom, prenaient le virage à la confluence, dépassaient les scieries avant de pénétrer dans la forêt de pins. Les rivières coulaient à leur gauche et la ville s'étendait à droite sous leurs pieds. Rêvant de s'approcher des étoiles, les garçons s'étaient persuadés que les Rocheuses elles-mêmes ne pouvaient s'élever plus haut que leur montagne d'argile rouge. Au bout du circuit, ils lâchaient leur guidon, levaient les bras en l'air et dévalaient la pente pour traverser le cimetière indien. Alors ils reprenaient le contrôle du vélo et ne freinaient qu'au tout dernier moment, juste avant d'entrer en collision avec les massifs de ronces, les tessons de bouteille et les détritus de chantier qui jonchaient l'autre côté de la butte.

La digue le long de la Blackwater fut vite terminée, il ne restait que le tronçon en amont de la Perdido, celui qui protégerait les demeures des propriétaires des scieries. Early Haskew et Morris Avant avaient fait des miracles : les travaux étaient non seulement dans les temps, mais ils étaient aussi moins coûteux que prévu.

Le chantier reprit donc au niveau du bosquet qui séparait la propriété des Turk de l'hôtel de ville. Les hommes de la digue œuvraient avec un entrain renouvelé, car la fin semblait proche. Mais non sans étrangeté, leurs progrès connurent un net ralentissement. Early Haskew en ignorait la raison. La berge, à cet endroit particulier, était peut-être instable ; chaque nuit, la moitié de l'argile déversée pendant le jour glissait dans la rivière, ne laissant subsister du dur labeur de la veille qu'une teinte légèrement plus rougeâtre dans l'eau déjà rouge de la Perdido. Les autres portions avaient paru s'ériger d'elles-mêmes tant les travaux s'étaient déroulés sans heurts – c'est du moins ce qu'il semblait en comparaison de cette ultime difficulté. Rien n'y faisait. On avait beau déverser chaque jour des tonnes d'argile, de gravats et de terre, que l'on tassait en un monticule le plus compact possible, au matin la moitié avait été emportée par les flots.

Early ne cachait pas sa frustration, Morris Avant jurait en permanence. Les ouvriers devinrent fébriles et anxieux, réagissant comme si une force davantage surnaturelle que géologique œuvrait contre eux. Beaucoup quittèrent le chantier sous prétexte qu'on drainait un lac à Valdosta et que la paye pour les travailleurs non qualifiés était meilleure. Munis du peu d'argent qu'ils avaient réussi à économiser, certains parmi ceux-là allèrent bel et bien à Valdosta, quand d'autres souhaitaient uniquement quitter Perdido au plus vite. Les habitants de Baptist Bottom employés sur le chantier se rappelèrent brusquement de réparations à effectuer de toute urgence sur leur toit. D'autres souffrirent de maux de dos terribles, ou bien ils perdirent temporairement l'usage de leur bras gauche ou droit. Alors que les travaux demandaient deux fois plus d'efforts, la main-d'œuvre d'Early diminua dramatiquement. Il semblait que la digue censée protéger les demeures des propriétaires ne verrait jamais le jour.

« Je ne sais pas s'ils arriveront à faire venir la digue jusqu'ici, dit Oscar à sa femme un soir, alors que, depuis la véranda, il contemplait au loin les travaux inachevés.

— Ils n'y arriveront pas, répondit Elinor avec détachement.

— Qu'est-ce que tu veux dire ?

— La rivière ne les laissera pas faire.

— Je ne comprends pas, fit Oscar pour qui l'explication de sa femme n'en était pas une.

— Ce que j'essaie de dire, c'est que la Perdido ne permettra pas que les travaux finissent.

— Mais pourquoi ? demanda Oscar, perplexe, comme si sa question était tout à fait rationnelle.

— Oscar, tu sais combien j'aime cette rivière…

— Ça, je le sais !

— Eh bien, cette ville *appartient* à la rivière,

mais les digues sont en train de la lui arracher sans que la rivière n'obtienne la moindre compensation.

—Tu penses qu'on devrait tous se mettre sur la rive et y jeter des billets ?

—Quand j'étais à l'université de Huntingdon, répondit-elle, j'avais un cours sur les civilisations anciennes, et chaque fois qu'elles commençaient la construction de quelque chose de très grand, par exemple un temple, un aqueduc ou un palais, ces sociétés lui offraient quelqu'un en sacrifice qu'elles enterraient sous la première pierre. La victime encore en vie, on lui arrachait les bras et les jambes, et on empilait les morceaux, qu'on recouvrait ensuite de pierres, de briques, ou de quoi que ce soit dont on se servait pour bâtir le monument. Ces civilisations croyaient que le sang aidait à solidifier le mortier. En tout cas, c'était leur façon d'honorer les dieux.

—Euh, dit Oscar, mal à l'aise, James compte bien organiser une cérémonie d'inauguration lorsque la digue sera finie, si elle l'est un jour, mais je ne pense pas qu'il ait prévu quelque chose de ce genre. Est-ce qu'il n'y a pas une autre façon de *payer* la rivière ? »

Elinor haussa les épaules.

« Ça fait pas mal de temps que je me creuse la cervelle pour en trouver une. »

Quelques jours plus tard, Queenie donna naissance à un garçon. Le nourrisson serait mort si Roxie – aidée d'Elinor et de Mary-Love – n'avait pas libéré son cou du cordon ombilical qui l'étranglait. La nuit suivant l'accouchement, Queenie se réveilla en sueur d'un cauchemar dans lequel son époux Carl marchait de long en large sous le porche à la recherche d'un moyen d'entrer chez elle. Prenant aussitôt son bébé dans ses bras, elle le serra fort contre sa poitrine afin de calmer les battements frénétiques de son propre cœur. Oscar avait placé un fusil chargé dans un coin de la pièce et le shérif avait promis de pendre haut et court son mari s'il remettait les pieds en ville, mais Queenie était convaincue qu'une nuit elle entendrait le bruit bien réel de ses bottes devant l'entrée.

Cette même nuit, à l'instant où Queenie se réveillait en sursaut et serrait son fils dans ses bras, John Robert DeBordenave ouvrait lui aussi les yeux. La chambre plongée dans le noir et la nuit dehors n'étaient pas plus obscures que son esprit ; à vrai dire, il ignorait presque totalement la différence entre la veille et le sommeil. Le pauvre John Robert avait treize ans et entrerait en cours moyen à l'automne suivant, aussi peu préparé que s'il avait été promu sous-secrétaire du ministère de l'Intérieur en charge de la gestion des eaux. Grace Caskey et quantité d'autres enfants l'avaient laissé derrière eux, et plus John Robert prenait de retard, plus son humeur s'assombrissait. Les chatouilles que lui faisaient ses camarades pour avoir des bonbons ne lui suffisaient plus ; pas plus qu'il ne trouvait de consolation dans leurs jeux mystérieux, qu'il observait depuis la portion de mur contre lequel il se frottait inlassablement le dos en quête du moindre contact. Sa sœur Elizabeth Ann l'ignorait complètement désormais, elle semblait même embarrassée par sa présence. Sa mère et son père avaient beau lui offrir des sourires, des câlins, et lui frictionner tendrement les épaules, rien de tout ça ne lui suffisait. John Robert savait qu'il attendait autre chose de la vie, mais il ignorait quoi.

« Bonbons. » Cette pensée traversa un recoin oublié de sa semi-conscience.

Les bonbons n'étaient pas la solution, mais son esprit hébété ne pouvait en trouver de meilleure.

Le rayon d'une lune descendante pénétra soudain dans sa chambre, illuminant un pan de sol. Il sortit du lit et s'approcha de la tache lumineuse, y plongea son pied, avant de s'agenouiller et d'y mettre la main. Toujours dans cette position, il releva la tête et contempla la lune par la fenêtre.

Elle était gibbeuse et décroissante, mais John Robert ignorait l'alternance de ses phases autant que l'astre ignorait le désir confus de bonbons de John Robert. Il s'approcha de la fenêtre et observa la pelouse de l'autre côté de la maison. En dépit des problèmes, la digue s'étendait malgré tout jusqu'à l'arrière de la propriété des DeBordenave – à l'endroit où elle jouxtait celle de la famille Caskey –, si bien que John Robert en apercevait l'ombre massive à sa droite. Ici et là, une bande de peinture sur le manche d'une pelle ou bien le métal de la pelle elle-même brillait dans la pénombre. Au-delà du site de construction, il apercevait vaguement la Perdido, à la surface de laquelle miroitait un unique rayon de lune. La maison de James Caskey émettait une froide lueur blanc-bleu et paraissait plantée solidement dans le terrain sableux qui commençait de façon abrupte là où la pelouse des DeBordenave finissait. Là, dans cette cour de sable, se trouvaient les arbres que John Robert aimait tant – deux en particulier, qu'il apercevait s'il se penchait assez. Ces arbres se tenaient à environ deux mètres l'un de l'autre et s'élevaient droit vers le ciel. Quelques années plus tôt, Bray avait cloué entre les deux troncs une planche de bois pour créer un petit banc ; John Robert avait vu avec émerveillement l'écorce des arbres s'amalgamer aux extrémités de la planche, la fixant solidement, comme si les chênes d'eau s'étaient moqués des clous de Bray et s'étaient dit : « Si on lui montrait comment on s'y prend vraiment ? » Assis jour après jour sur cette planche, ne rentrant chez lui que pour les repas, le garçon avait regardé progresser les travaux de la digue tandis qu'avec lenteur, elle rampait le long de la rive jusqu'à lui.

Désormais penché à la fenêtre, John Robert vit Mademoiselle Elinor. Elle était justement assise sur son banc préféré. Elle portait une robe qui brillait du même blanc-bleuâtre que la maison de James Caskey. Elle lui adressa un sourire et un signe de la main, puis mit son doigt sur sa bouche pour lui indiquer de garder le silence.

Sans trop savoir pourquoi, ni se dire qu'il ne devrait peut-être pas, John Robert tira une chaise sous sa fenêtre, grimpa dessus, remonta la moustiquaire et se faufila par l'ouverture. Se laissant tomber dans le parterre de lys de sa mère, il s'érafla le corps contre la façade de la maison. Les feuilles tranchantes du massif déchirèrent en deux ou trois endroits son pantalon de pyjama et lui entaillèrent la peau, mais John Robert était tellement habitué à ce genre de petites blessures qu'il ne remarqua rien. Il se releva et courut pieds nus jusqu'à la limite de la pelouse couverte de rosée.

Toujours assise, Mademoiselle Elinor s'adossa à l'un des arbres et tapota le banc à côté d'elle, invitant le jeune garçon à la rejoindre.

John Robert eut un instant d'hésitation, puis, pour une raison aussi vague que celle qui l'avait fait hésiter, il fit un pas en avant et posa le pied sur le sable ratissé.

Il traversa la cour, le sable venant se coller sous ses pieds. Il s'assit timidement à côté d'Elinor et scruta son visage, mais l'ombre du tronc en plongeait les traits dans l'obscurité.

L'enfant ne disait rien, il fredonnait une mélodie et balançait ses courtes jambes sous la planche de bois, donnant des coups de pied dans le sable. Il sentit les bras d'Elinor entourer tendrement ses épaules. Il regarda la silhouette massive de la digue et continua à chantonner.

Il ne voyait rien d'étrange à ce que Mademoiselle Elinor soit assise sur le banc à une heure pareille, ni à son invitation à le rejoindre, à son silence et à son étreinte affectueuse. John Robert DeBordenave savait néanmoins reconnaître une marque d'attention ou de tendresse lorsqu'elle se présentait, et ne s'interrogeait jamais sur son origine ou son motif. Il était seulement heureux de fredonner et balancer ses jambes d'avant en arrière dans l'ombre des chênes d'eau, d'admirer les jets de sable qui sous la lune retombaient en une pluie scintillante de minuscules étoiles. Et lorsque Mademoiselle Elinor se leva du banc et sans effort le mit sur ses pieds pour le pousser en direction de la rivière, John Robert n'opposa aucune résistance à cette douce requête. Les mains posées sur les bras du garçon, elle marchait derrière lui et le guidait vers le point le plus avancé de la digue.

La veille, les ouvriers avaient pour la première fois déversé leurs chargements de terre rouge sur la propriété des Caskey. Les motifs que Zaddie traçait dans le sable étaient maculés de traînées d'argile ; en cet instant, elles ressortaient, noires sur le sable gris qui miroitait sous la lune. Demain, les hommes se remettraient au travail, et dans une semaine la Perdido ne serait plus visible des fenêtres de James. Le terrain à l'arrière des maisons Caskey serait amputé d'une dizaine de mètres.

John Robert n'avait pas le droit d'approcher si près de la rivière, et la consigne était à ce point ancrée en lui qu'en dépit de la présence d'Elinor, il se sentit mal à l'aise.

Lorsqu'il s'arrêta, sachant d'instinct qu'il ne devait pas aller plus loin, la poigne d'Elinor se fit soudain forte et douloureuse. Il ne pouvait plus bouger ni ses bras ni son buste tant elle le serrait. Il tourna la tête et la regarda avec un air de faible protestation.

Ce ne fut pas Mademoiselle Elinor qui lui rendit son regard. Il ne distinguait pas grand-chose car la lune était dissimulée par cette tête, mais John Robert devinait qu'elle était plate et immense, ornée de deux gros yeux globuleux, verdâtres et luisants. La chose empestait l'eau croupie, la végétation pourrissante et la boue de la Perdido. Les mains qui retenaient ses bras n'étaient plus du tout celles de Mademoiselle Elinor. Elles étaient beaucoup plus larges et n'avaient ni peau ni doigts, mais ressemblaient davantage à une surface caoutchouteuse toute bosselée.

Avec tristesse et lenteur, John Robert porta à nouveau son regard vers la rivière. Il fixa d'un œil vide la digue en construction et l'eau bourbeuse qui coulait derrière, noire et silencieuse. Le peu d'esprit et de conscience que possédait l'enfant avait été consumé par la trahison d'Elinor, par sa transformation en autre chose, en cette affreuse créature qui l'empoignait sans aucune tendresse. Il se mit à pleurer, et ses larmes baignèrent ses joues.

Dans son dos, il entendit un sifflement mouillé, comme lorsqu'on éventre d'un coup de lame rapide un gros poisson encore vivant. L'un des bras de John Robert fut arraché de son corps, et il continua à pleurer.

Une torsion et un déchirement, puis une douleur si aiguë et violente que John Robert ne put même pas l'identifier comme une douleur. C'est alors que le garçon vit – sans savoir ce qu'il voyait vraiment – son bras tournoyer dans le clair de lune. Le membre atterrit avec un bruit sourd dans la terre rouge, au bord de la propriété des Caskey. Trois mètres plus loin, John Robert vit les doigts de sa main agripper et serrer les mottes d'argile qui se trouvaient à sa portée.

Son autre bras fut soulevé puis arraché de son épaule. Lui aussi voltigea pour retomber sur le premier. Cette fois, la paume tournée vers le ciel noir n'empoignait que le vide.

À présent, un liquide chaud détrempait son corps, mais l'enfant ignorait que c'était du sang. Si John Robert avait jamais eu de pensées claires, elles l'avaient désormais quitté pour de bon. Il s'écroula, et l'un des appendices caoutchouteux qui n'étaient pas des mains lui pressa la poitrine. Avec un os qui craque, un tendon qu'on déchire, la chair qu'on arrache, une jambe puis l'autre venaient d'être amputées. John Robert les vit décrire un arc et retomber sur ses bras croisés.

Les dernières sensations que perçut John Robert furent le sifflement ténu du vent à ses oreilles et une légère brise sur son visage tandis que ce qu'il restait de lui, un tronc et une tête, était à son tour soulevé et projeté dans les airs. Alors qu'il virevoltait et tournoyait, il vit son sang jaillir des orifices de son corps en des milliers de gouttelettes noires et luisantes sous la lune. Avec un tressautement, il retomba sur la pile de ses propres membres, et dans une dernière seconde de conscience il aperçut une montagne d'argile et de gravats lui dégringoler dessus depuis le sommet de la digue. Une pierre heurta son œil droit ; l'orbite explosa comme un jaune d'œuf dans lequel on plonge une cuillère. John Robert DeBordenave, sa tête enfin immobile sous une avalanche de cailloux et de terre, n'était plus.

L'INAUGURATION

Dès qu'elle eut constaté la disparition de son fils, Caroline DeBordenave ne connut plus le repos. Le vacarme du chantier, qui auparavant ne l'avait jamais dérangée, semblait à présent s'enfoncer directement dans son crâne, si bien qu'elle demanda à son mari de faire arrêter les travaux jusqu'à ce que John Robert leur revienne.

Personne ne savait par où commencer les recherches. La moustiquaire relevée à la fenêtre ouverte indiquait la manière dont il était sorti de la maison. Le pyjama manquant montrait ce qu'il portait à ce moment-là. Mais du reste, personne ne savait rien. Des adolescents armés de lourds bâtons pour se défendre des serpents à sonnette battirent la forêt en appelant son nom. Les habitants de Baptist Bottom regardèrent sous leurs charrettes hors d'usage au cas où le garçon blanc y aurait trouvé refuge. Le maire de Perdido inspecta lui-même la pièce au sol carrelé de marbre sous l'horloge de l'hôtel de ville ; John Robert ne se trouvait pas parmi les chauves-souris et les oiseaux qui y avaient élu domicile. Zaddie rampa dans les soubassements des maisons des grandes familles, sans trouver autre chose que des nids de rongeurs et des toiles d'araignée.

Au bout de dix jours, Caroline dut accepter ce que tout le monde avait su dès le départ : John Robert s'était noyé. Les enfants de Perdido ne se faisaient pas mordre par des chiens enragés et ne tombaient pas au fond de puits asséchés, ils ne succombaient pas à un tragique accident en « jouant » au barbier ou en se déchargeant un pistolet dans le crâne. À Perdido, les enfants malchanceux se noyaient dans la rivière, un point c'est tout. Si on mettait de côté la confluence, les membres les plus jeunes de la communauté menaient une existence paisible. Seulement, la rivière réclamait régulièrement son dû. Les cadavres étaient parfois repêchés loin en aval du cours d'eau, mais la plupart du temps, on ne les retrouvait jamais ; même quand des dizaines de camarades avaient été témoins de l'agonie de la fillette ou du garçon. Implacablement, l'enfant était aspiré au fond et son corps enfoui sous un linceul de boue rouge, où il dormirait d'un sommeil sans rêves jusqu'au jour de la Résurrection, lors de laquelle leurs menus ossements se redresseraient pour prendre part à la Gloire.

Les recherches pour John Robert durèrent plus longtemps que n'importe quelle autre auparavant. Le handicap mental du garçon pouvait effectivement l'avoir conduit ailleurs qu'à Perdido, et Caroline s'exclamait à qui voulait l'entendre que son fils ne s'approcherait pas plus de la rivière, ayant été mis en garde contre elle toute sa vie, qu'il ne prendrait un tison ardent à pleine main. Les DeBordenave possédaient une scierie, et leur fils, pour aussi déficient de corps comme d'esprit qu'il soit, n'en était pas moins une personnalité au sein de la ville. En outre, son handicap faisait qu'on le prenait davantage en pitié que s'il s'était agi du gamin blanc d'un ivrogne notoire, ou d'une petite fille noire indistincte, seulement troisième parmi une fratrie de huit et qui n'avait montré aucune aptitude pour la cuisine ou le ménage.

Malgré l'amplitude des recherches et les suppliques de Caroline, le chantier ne connut pas d'interruption. Au contraire, il redoubla d'intensité. Quel que soit ce qui avait empêché les travaux en amont de la Perdido, cela cessa le jour de la disparition de John Robert. La butte de terre rouge s'éleva, morceau par morceau, et avant que les Caskey s'en rendent compte, aucune des trois maisons n'eut plus vue sur la rivière. Oscar avait beau se tenir sur la pointe des pieds lorsqu'il était dans sa véranda, il était incapable d'en voir le moindre reflet par-dessus le sommet de la digue.

Il distinguait à peine la cime des chênes d'eau qui avaient été plantés le long de la berge.

Oscar avait redouté ce moment, car il se rappelait en quels termes sinistres Elinor les avait avertis du jour où la rivière ne serait plus visible de leurs fenêtres. Mais sa femme le surprit. Elle ne s'était jamais plainte du vacarme des ouvriers ou de la saleté du chantier. Elle avait même envoyé Zaddie et Roxie apporter aux travailleurs du thé glacé et de la citronnade au plus fort de la chaleur. Sa bonne humeur était revenue. Quand elle ne rendait pas visite à Queenie et son nouveau-né, elle restait assise dans la véranda à lire des revues, ne faisant de petites grimaces que lorsque les jurons et les obscénités des ouvriers lui étaient portés par la brise.

Un dimanche après-midi, alors qu'Oscar et Elinor étaient dans la véranda, Oscar se leva, s'approcha de la moustiquaire et d'un geste du bras pointa au loin vers la gauche.

« Par précaution, ils vont poursuivre la digue sur une centaine de mètres au-delà de la limite de la ville. On ne sait jamais, Perdido pourrait s'étendre dans cette direction et on pourrait vouloir y construire. Mais à la vitesse où ils vont, tout sera fini d'ici deux ou trois semaines. »

Il marqua une pause et se tourna vers sa femme, craignant d'avoir été trop loin. Elinor continua à se balancer avec une parfaite sérénité. Il se risqua à remarquer :

« Tu sais, je ne pensais vraiment pas que tu supporterais que les travaux viennent jusqu'ici.

— Moi non plus, répondit Elinor. Mais à quoi bon se mettre en colère ? De toute façon, je n'aurais pas pu les empêcher toute seule, n'est-ce pas ? Et puis, est-ce que tu ne m'as pas dit que la banque refuserait de te prêter de l'argent tant que la digue ne serait pas finie ?

— C'est vrai. Maintenant tout est en ordre.

— J'en suis même venue à voir cette digue d'un bon œil, dit-elle avec un sourire gêné.

— Qu'est-ce qui t'a fait changer d'avis ? demanda Oscar avec curiosité.

— Je ne sais pas. J'imaginais que Monsieur Haskew et Monsieur Avant allaient couper tous mes chênes d'eau, mais ce matin Early a dit à Zaddie qu'ils ne toucheraient pas à un seul d'entre eux.

— Je suppose que j'aurai quand même du mal à te convaincre d'assister à l'inauguration…

— Seigneur, jamais de la vie ! s'exclama Elinor avec un rire enjoué. En plus, je l'ai déjà fêtée à ma façon. »

La digue était achevée, et les ouvriers reçurent leur paye. Ils quittèrent la ville avec une rapidité telle que les cinq cuisinières se retrouvèrent avec deux cents kilos de bœuf, cent cinquante de porc et cinq cents de patates sur les bras. Au final, grâce à la générosité du conseil municipal, cet excédent de nourriture finit dans les casseroles et les marmites de Baptist Bottom. Les dortoirs où les hommes avaient vécu presque deux ans furent nettoyés, barricadés et verrouillés jusqu'à ce qu'on leur trouve une nouvelle fonction. Les quelques vingt Noirs encore sous les ordres d'Early furent chargés des dernières finitions sur les rideaux d'argile qui protégeaient désormais toutes les bâtisses de la ville.

Les deux Blanches qui vivaient à Baptist Bottom retournèrent à Pensacola quand leurs habitués disparurent. Le tripot de Lummie Purifoy ferma ses portes, et sa fille Ruel ouvrit une confiserie. Les Indiens arrêtèrent deux de leurs cinq alambics à Little Turkey Creek. Et Perdido, dans son ensemble, put enfin mieux respirer.

Organisée par James Caskey, l'inauguration eut lieu dans le champ derrière l'hôtel de ville. Pour l'occasion, une scène triangulaire avait été construite à l'endroit où la digue en amont de la Perdido rencontrait celle en aval. James fit le discours d'introduction, et toute la ville les acclama lui et la digue. Morris Avant promit à la foule qu'il mangerait le clocher de l'église si une seule goutte de la rivière débordait. Early Haskew assura qu'il n'y avait pas de plus belle ville et d'habitants plus hospitaliers dans tout l'Alabama, pour preuve il avait épousé Sister Caskey et ils étaient heureux comme des poissons dans l'eau. Tom DeBordenave, Henry Turk et Oscar Caskey se levèrent chacun leur tour et augurèrent pour Perdido une ère nouvelle de prospérité à mettre au crédit de la digue. Tandis que l'assemblée baissait la tête et que les pasteurs dédiaient leurs prières au Dieu méthodiste, baptiste et presbytérien, le vortex au centre de la confluence qui, même s'il se trouvait juste derrière la scène, était entièrement dissimulé à cause du mur d'argile, tourbillonnait plus vite que jamais, charriant les eaux rouges de la Perdido et les eaux noires de la Blackwater, entraînant par le fond plus de détritus, vivants et inanimés, qu'il ne le faisait d'ordinaire, comme s'il avait souhaité pouvoir engloutir la ville entière – avec ses scieries, ses maisons et ses habitants. Mais la puissance conjuguée des deux rivières et la fureur désespérée du maelström à leur rencontre n'eurent aucun effet sur les digues ; les eaux eurent beau faire rage, tempêter, s'agiter et rugir, elles n'eurent pour témoin que les braves et malicieux enfants qui jouaient au sommet de la digue et les quelques curieux campés sur le pont qui surplombait la rivière au pied de l'*Osceola*.

Perdido n'était plus la même ville, ainsi que l'avait prédit Elinor. Perdido ne voyait plus les rivières qui lui avaient donné son caractère particulier, sauf à se promener sur la digue ou à traverser le pont depuis le centre-ville pour rejoindre Baptist Bottom. Désormais, Perdido voyait la digue avec ses tronçons les plus récents encore rouge vif, et les plus anciens recouverts du vert profond de la vigne kudzu.

Le jour de l'inauguration, tous levèrent les yeux sur ce qui avait été bâti et regardèrent la construction d'un œil ébahi : comme si un serpent surnaturellement long avait rampé hors de la forêt et s'était lové autour de la ville avant de s'endormir – protecteur involontaire des habitations tapies dans son ombre.

Tous prirent soudain conscience de cette digue qui les encerclait, et peut-être les applaudissements en fin de cérémonie manquèrent-ils de l'enthousiasme qu'ils avaient eu lorsqu'elle avait commencé.

Par une chaude soirée de septembre de l'année 1924, environ une semaine après la cérémonie, Tom DeBordenave toqua à la porte d'Oscar. Zaddie le fit entrer et lui indiqua la véranda à l'étage, où Elinor et Oscar avaient leurs habitudes. Tom exprima son admiration pour le bébé dans les bras d'Elinor ; pour la maison qu'il venait de traverser ; pour la vue sur la digue. Il aurait sans doute continué à s'émerveiller de tout et de rien pour l'éternité si Elinor n'avait pas discrètement pris congé, laissant les deux hommes seuls.

« Oscar, commença Tom, interrompant son laïus sur les imposantes dimensions de la véranda lorsque Elinor ne fut plus à portée de voix, on ne s'en sort plus. »

Ne sachant à qui « on » se rapportait, Oscar ne dit rien.

« La crue nous a mis à genoux, poursuivit Tom.

— Elle a mis tout le monde à genoux, acquiesça Oscar avec prudence.

— À nous plus qu'aux autres. J'ai perdu toutes mes archives et tout mon stock. Ce qui flottait a été emporté. Ce qui pouvait pourrir a pourri. Et ce qui pouvait couler a disparu pour de bon.

— Tom, tu as réussi à sortir la tête de l'eau, dit gentiment Oscar, certain à présent que son ami ne faisait référence qu'à sa propre scierie. Les affaires sont reparties. Bien sûr, il faudra du temps avant…

— De l'argent, surtout. De l'argent que je n'ai pas.

— Maintenant que la digue est là, tu vas pouvoir en emprunter aux banques de Pensacola ou de Mobile.

— Oscar, tu ne comprends pas ? Je n'ai *pas* envie que les affaires repartent. Je veux arrêter, dit-il avec un soupir. Je veux m'en aller de Perdido.

— C'est à cause de John Robert ? demanda Oscar à voix basse.

— Caroline ne décroche même plus le téléphone quand il sonne. Elle imagine que ce sera un vieux pêcheur lui annonçant qu'il a attrapé notre fils avec son hameçon et qu'il faut qu'on vienne le chercher. Et moi, je ne vais pas beaucoup mieux. Pauvre John Robert, je sais évidemment qu'il s'est noyé, mais bon Dieu ! Comme j'aimerais qu'on retrouve son corps et qu'on soit fixé une fois pour toutes. Au moins, nous pourrions l'enterrer convenablement. Caroline est en train de perdre la tête. Elizabeth Ann est partie à l'université et je suis à la scierie du matin au soir, si bien qu'elle passe ses journées seule à la maison. Je ne sais vraiment pas quoi faire ! Enfin si, je sais, on va quitter définitivement Perdido. Caroline a de la famille à Raleigh, c'est là qu'on va aller. Son frère possède une plantation de tabac, je suis sûr qu'il me trouvera quelque chose à faire. C'est vrai, la ville va nous manquer, mais Seigneur ! Il faut bien qu'on trouve le moyen d'arrêter de penser à John Robert. Voilà pourquoi je suis venu te voir. Pour te vendre ma scierie. »

Oscar siffla d'étonnement quelques instants, puis il se pencha en avant et posa ses mains sur ses genoux.

« Tom, dit-il, ce n'est pas moi qu'il fallait venir voir. Tu sais bien que c'est James et maman qui ont de l'argent.

— Je le sais. Je sais aussi que c'est toi qui prends les décisions. Oscar, tu crois peut-être que Henry et moi on n'est pas au courant de ce qui se passe, mais on le sait. On le sait parce que Caroline et Manda nous en ont parlé.

— Elinor leur a raconté des choses ? demanda Oscar, la mine sombre.

— Pas grand-chose, mais suffisamment pour qu'elles comprennent. Elinor pense que tu ne possèdes pas assez en ton nom. Henry et moi, on le pense aussi. C'est pourquoi j'aimerais que ma scierie te revienne à *toi*, et non à James et Mary-Love. »

Les deux hommes restèrent encore deux heures à discuter dans la véranda plongée dans la pénombre. Le contrat le plus important de toute l'histoire de Perdido aurait pu concerner un chargement de petit bois tant leurs voix étaient douces et décontractées. En Alabama, les vraies affaires ne se concluaient pas dans des bureaux, des cours d'usine ou derrière le comptoir d'une boutique. Elles se faisaient sous des porches, assis sur un siège à bascule à la lueur de la lune ; chez le barbier tandis que le commis vous cirait les chaussures ; sur un coin d'herbe derrière l'église méthodiste entre le catéchisme et l'office du matin ; ou dans le quart d'heure qui précédait les parties de domino du mercredi soir chez Oscar.

« Évidemment, dit Tom DeBordenave, la vraie question est de savoir si tu as l'argent.

— Maman et James, oui. En tout cas, ils pourraient l'avoir. Moi, je n'ai pas un sou, excepté mon salaire et quelques actions.

— Fais un emprunt. James se portera garant, même si Mary-Love refuse. Et puis, je vais te dire, si tu me payes la moitié demain, tu pourras me donner le reste d'ici cinq ou dix ans, peu importe. Tout ce que je veux, c'est me débarrasser de la scierie et qu'elle soit à toi.

—Tom, quelque chose me tracasse.

—Quoi ?

—Henry Turk. Il ne va pas être content du tout si je te rachète la scierie et qu'il reste dans l'ombre des Caskey.

—Les affaires de Henry aussi vont mal, tu le sais. Il n'a pas l'argent pour me racheter l'usine. Ça ne servirait à rien de lui en parler.

—Je n'aime pas l'idée qu'il soit mis à l'écart, dit Oscar en secouant la tête.

—Moi non plus, mais qu'est-ce que j'y peux ? Il faut bien que je vende mon affaire.

—Vends-en une partie à Henry.

—Quelle partie ?

—Ce qu'il voudra, tes clients, ton stock, tes machines, la scierie elle-même. Tout ce qu'il voudra sauf les terres. Celles-là, je les veux toutes. Assure-toi que je récupère chaque hectare.

—Tu me demandes de me compliquer la vie.

—Tu obtiendras plus d'argent si tu vends ton affaire à deux acquéreurs au lieu d'un. Et je veux que Henry ne se sente pas lésé. S'il achète ta scierie, il aura l'impression d'avoir fait une meilleure affaire que moi et sera rassuré. Tout ce que Henry veut c'est un bâtiment plus grand, et tout ce que je veux c'est plus de terrain.

— Oscar, je crois que tu fais une erreur en achetant toutes ces terres. Tu n'arrives même pas à couper les arbres que tu as déjà. Ta scierie n'est pas assez grande pour ça.

— Ah, Tom, peut-être qu'en fin de compte tu t'es adressé à la bonne personne en venant me voir, car je n'ai probablement pas le sens des affaires. Mais il se trouve que James, maman et moi avons décidé que nous voulions acheter du terrain, c'est pourquoi chaque fois qu'il s'en présente je saute dessus sans me poser de questions ! »

Ils discutèrent encore longtemps, sans rien changer des grandes lignes de leur marché. Dans le Sud, la règle tacite veut que tout accord aussi complexe soit vu et revu jusqu'à ce que chaque point ait été discuté et validé au moins trois fois, de manière à les fixer non seulement dans la tête des parties, mais aussi dans leur cœur. À la demande d'Elinor, Zaddie leur apporta deux verres et une bouteille de whisky d'avant la Prohibition ; le troisième passage en revue se fit plus rapidement grâce à l'alcool.

Le lendemain matin, Oscar emmena James en promenade loin dans la forêt et lui parla de l'offre de Tom. James y vit une excellente opportunité pour son neveu, d'autant qu'en achetant uniquement la terre, il serait plus facile de dissimuler la transaction à Mary-Love. Si elle apprenait quoi que ce soit, elle mettrait aussitôt son veto à n'importe quel plan qui permettrait à son fils d'acquérir un début d'indépendance financière – quand bien même cette indépendance se résumait à une dette de près d'un quart de million de dollars.

En moins d'une semaine, Oscar, Henry et Tom avaient conclu un marché pour se diviser la propriété DeBordenave. Comme Oscar l'avait prédit, Henry Turk racheta la scierie qui bordait la Blackwater – le terrain sur lequel elle était implantée, les bâtiments, le stock et les machines. Ça lui coûta trois cent mille dollars, à régler en huit fois sans intérêts. Tom put accorder cette bonne affaire à son ami car Oscar lui payait la même somme, empruntée en liquide à la banque de Pensacola, pour près de quinze mille hectares de forêt répartis dans les comtés de Baldwin, d'Escambia et de Monroe.

Deux avocats venus de Montgomery descendirent à l'*Osceola*, où ils travaillèrent toute une semaine à établir les actes de propriété et les transferts. Ce ne fut que lorsque le contrat eut été signé que l'affaire fut portée au public. L'annonce suscita une onde de choc à Perdido, et tous se demandèrent confusément la manière dont ces changements allaient les affecter.

Ayant perdu leur fils, leur propriété et leur statut social, Tom et Caroline partirent peu de temps après pour la Caroline du Nord. Mary-Love et Manda Turk n'eurent que le temps d'emmener Caroline déjeuner à Mobile où, le cœur gros, elles lui offrirent une broche de diamant et rubis en forme de paon. Ce fut au cours de ce déjeuner que Mary-Love apprit que seul son fils, et ni elle ni James, possédait les anciennes terres des DeBordenave. La colère et l'humiliation d'avoir été mise à l'écart de cette manière furent telles que le lendemain, sans en avertir quiconque, elle emmena pour deux semaines Sister, Early et Miriam en vacances à Cincinnati et à Washington.

« Ils vont revenir, dit Elinor sans montrer d'inquiétude. Mary-Love et Sister vont bien s'occuper de Miriam. Je ne m'en fais pas. »

Rien, en effet, n'aurait pu troubler la magnanimité d'Elinor à cette époque. La fortune de Perdido, qui auparavant avait été divisée de manière égale entre trois familles, se partageait désormais seulement en deux. Alors qu'il n'avait rien possédé de tout ça, Oscar était à présent un homme riche en terres boisées réparties dans trois comtés. Elinor ne pouvait peut-être plus voir la rivière depuis sa balancelle, elle n'en continua pas moins à passer ses après-midi dans la véranda, où elle faisait sauter Frances sur ses genoux en chantonnant : « Oh, ma délicieuse enfant ! Un jour toutes les scieries de la ville appartiendront à ton papa. Un jour nous aurons une boîte pleine à craquer d'actes de propriété, et sur chaque hectare que nous posséderons il y aura des rivières, des criques, des méandres et des cours dans lesquels ma précieuse petite fille pourra jouer. Et Frances et sa maman auront plus de perles, de robes et de jolies choses que tout Perdido réuni ! »

John Robert DeBordenave resta inhumé sous la digue – victime sacrificielle offerte par la ville au cours d'eau dont elle portait le nom. Grâce à sa mort, la construction avait pu être achevée et Oscar se retrouvait propriétaire des terres qui feraient un jour la fortune des Caskey – une fortune plus immense encore que celle dont avait pu rêver Elinor. Les parents de John Robert avaient quitté la ville. Les gravats qui obstruaient la bouche de leur fils avaient étouffé ses cris les suppliant de rester. L'argile rouge avait empêché ses bras coupés de leur faire signe de revenir. La boue noire qui ensevelissait ses jambes amputées lui avait interdit de leur courir après. Mais tout aussi prisonnier, démembré et enterré qu'il soit, John Robert DeBordenave n'en avait pas pour autant fini avec Perdido, avec les Caskey, et avec la femme responsable de sa mort.

LA PENDERIE

Dans les années qui suivirent, Perdido s'étendit considérablement. La digue fut la principale cause d'accroissement des richesses, de la population et de la notoriété de la ville. Les ouvriers qui avaient œuvré à sa construction ne quittèrent pas tous la région à la fin des travaux. Certains avaient trouvé un emploi dans les scieries et s'étaient installés là. Voyant que les scieries étaient durablement protégées, les banques de Pensacola et de Mobile prêtèrent de l'argent à leurs propriétaires afin qu'ils développent leurs affaires. Les Caskey et les Turk profitèrent de l'opportunité pour acquérir plus de terrain et de matériel, et participèrent au financement d'une ligne de chemin de fer reliant leurs scieries à la ligne de Louisville et Nashville qui passait par la gare d'Atmore. Grâce à cette voie ferrée et aux camions toujours plus énormes produits à Detroit, les rivières furent de moins en moins utilisées pour le transport des arbres et des grumes. La Perdido et la Blackwater perdirent peu à peu leur importance économique d'antan.

Si l'on excepte leur collaboration pour la construction de la voie ferrée, les deux scieries se développèrent différemment. Le seul objectif de Henry Turk était de faire ce qu'il avait toujours fait, mais en plus grande quantité. Oscar et James, eux, prirent conscience que la demande en bois ne se maintiendrait peut-être pas toujours, si bien qu'ils optèrent pour la diversification. En 1927, ils achetèrent l'un des anciens dortoirs au bout de Baptist Bottom et le convertirent en atelier pour produire des châssis de portes et de fenêtres. À Perdido, le chômage fut de l'histoire ancienne. L'année suivante, ils firent construire sur le même terrain un petit atelier de placages et de lames qui leur permit d'exploiter également le bois des feuillus poussant sur les terres inondables qui ne fournissaient pas de belles pièces pour la scierie.

Henry Turk se moqua à demi-mot de ces nouveaux développements, car ils ne rapportaient pas autant que la production de bois de charpente. Les Caskey avaient contracté d'importantes dettes, ils employaient davantage de personnel, néanmoins la demande pour des châssis de fenêtres et des placages en bois de feuillu était erratique et risquait de le rester. Ils ignorèrent les moqueries et attendirent que ces nouvelles affaires soient rentables pour construire un atelier produisant des piquets de clôture et des poteaux électriques.

L'intention d'Oscar était que les Caskey soient capables d'exploiter chaque partie d'un arbre. Rien ne devait être jeté, mais utilisé à des fins de productivité et de profit. Early était en train de restructurer la centrale thermique à vapeur de la ville de manière à ce qu'elle fonctionne également à l'écorce et à la sciure d'arbre, deux sous-produits des scieries. Déjà, la combustion de ces déchets servait à alimenter en chaleur les fours utilisés pour sécher les troncs et la pulpe.

Oscar accordait une importance égale à l'entretien des forêts. Il fit venir des hommes du service des Eaux et Forêts d'Auburn, et sur leurs conseils établit un système de coupe sélective et de replantation intensive. Son objectif – rapidement atteint – était de planter plus d'arbres qu'il n'en coupait. Il fit construire un laboratoire près des ruines de Fort Mims dans l'espoir de créer une variété plus robuste de pin jaune. Il entretint une correspondance régulière avec les départements de l'agriculture de tout le sud des États-Unis et alla inspecter au moins une fois par an d'autres scieries, du Texas jusqu'à la Caroline du Nord.

Oscar déployait une énergie surprenante. Jamais il n'avait accompli autant de choses. C'était certes grâce à lui que l'entreprise familiale tournait depuis dix ans, mais toutes ces nouvelles opérations étaient différentes. Perdido n'était pas habituée à une croissance aussi rapide, à d'aussi fracassantes innovations. La ville se rangeait plutôt à l'avis de Henry Turk : Oscar s'éparpillait et dilapidait son capital. De temps à autre, Mary-Love se plaignait auprès de James que son fils allait faire couler la scierie, mais James refusait de s'en mêler. Elle ne parlait jamais directement à Oscar des affaires de la famille, sachant que ce dernier n'écouterait pas ses conseils. Et elle ne souhaitait pas se mettre dans la situation de voir chacune de ses requêtes refusée.

Au fil des années, il devint de plus en plus évident qu'Elinor Caskey était la force motrice derrière les bouillonnants projets de son mari. Lorsqu'elle ne lui en soufflait pas les idées elle-même, elle l'encourageait dans la voie de la diversification et de l'innovation. C'est elle qui l'envoya jeter un œil aux gigantesques scieries de Spartanburg, en Caroline du Sud, et à la toute nouvelle usine de clapiers grillagés à Little Rock. Tous ignoraient pourquoi elle incitait son mari à investir autant d'énergie dans une affaire qui ne lui rapportait que très peu. Si l'entreprise générait beaucoup d'argent, c'était la mère d'Oscar et son oncle qui s'en partageaient les profits. Oscar ne percevait que son salaire. Mary-Love était une femme en pleine forme et robuste qui avait encore de nombreuses années à vivre ; en outre, personne n'excluait qu'elle lègue tout son argent à Sister et Early en guise d'ultime insulte faite à Elinor depuis la tombe.

Oscar était encore très endetté par le rachat des terres DeBordenave en 1924. L'argent qu'il percevait de la coupe des arbres sur son terrain lui servait à payer les intérêts, mais il n'avait quasiment rien remboursé du crédit. Son salaire lui permettait d'acheter des vêtements convenables à sa femme et à sa fille, et pas grand-chose d'autre. Elinor et lui continuaient à vivre modestement.

« J'aimerais tellement t'emmener une semaine ou deux à New York, dit Oscar à son épouse avec un air de dépit.

— Ne t'inquiète pas pour ça ! s'écria Elinor, tout à fait sincère. Tu sais qu'on n'a pas les moyens, et de toute façon la Perdido ne coule pas à New York, pourquoi diable aurais-je envie d'y aller ? »

Tant que son mari travaillait dur et continuait de faire en sorte que la situation tourne un jour en leur faveur, Elinor était satisfaite. Mary-Love passait son temps à voyager à Mobile, Montgomery ou la Nouvelle-Orléans et à acheter des robes et des nappes en dentelle alors qu'Elinor avait à peine de quoi remplacer la bobine de fil marron qu'elle venait de terminer. Elle ne se plaignait pas. Elle restait chez elle à longueur de temps, assise dans la véranda à coudre et se balancer. Elle apprit à Frances, désormais âgée de cinq ans, à lire et à écrire afin qu'elle n'ait aucune difficulté quand elle commencerait l'école. Elinor grimpait au sommet de la digue presque chaque jour, s'accrochant aux branches des chênes d'eau qu'elle avait plantés sur ses pentes d'argile, et se promenait là, les yeux perdus dans la contemplation des eaux rouges et tumultueuses de la Perdido.

Frances ne se souvenait pas du temps où la cour de sable derrière la maison menait directement à la rivière. Elle n'avait connu que la digue et ses hauts murs ocre lentement recouverts d'un manteau de chênes et de kudzu. Elle n'avait pas l'autorisation d'y monter, à moins que sa mère l'accompagne, ni de plonger la main sous les feuilles plates de la vigne, car les serpents y foisonnaient. « Et d'autres choses aussi, l'avertissait Ivey Sapp. Des choses qui attendent seulement de mordre la main d'une petite Blanche. » Frances enviait les enfants qui avaient le droit de jouer sur la digue, comme Malcolm Strickland qui, lorsqu'il n'était pas à l'école, passait son temps à la parcourir d'un bout à l'autre. Elinor emmenait Frances faire des tours sur le canot de Bray. L'enfant ne se lassait pas d'entendre comment son père et le domestique avaient secouru sa mère à l'hôtel *Osceola* à l'aide de ce même bateau, avec Bray poussant sur ces mêmes rames. Terrifiée chaque fois qu'elles approchaient de la confluence, Frances s'agrippait de toutes ses forces aux bords de l'embarcation. Elle faisait de son mieux pour masquer sa peur, par respect pour sa mère qui, à ses yeux, était capable de tout faire. Du moins, Elinor était capable de traverser l'embouchure sans que la petite barque verte soit attirée par le fond, ainsi qu'elle l'avait prouvé d'innombrables fois à sa fille.

Il y avait quelque chose de surnaturel à descendre la rivière entre ces parois d'argile rouge dressées par la main de l'homme. Frances avait beau savoir que les maisons, les commerces et les rues de Perdido se trouvaient juste de l'autre côté, lorsqu'elles naviguaient, elle ne voyait pas la tour d'horloge de l'hôtel de ville et ne pouvait même pas envisager que de si nombreuses vies soient aussi proches. Elle et sa mère étaient enveloppées d'une nature sauvage si sublime et profonde qu'elles auraient pu être isolées à des milliers de kilomètres de quiconque.

« Oh, soupira Elinor à une occasion, sans que Frances puisse savoir si sa mère s'adressait à elle ou à elle-même. Avant je haïssais la digue, mais par un jour comme celui-ci, j'ai l'impression de me rappeler à quoi ressemblait ce lieu avant l'existence de Perdido, des scieries, des ponts et des voitures.

— Tu te *rappelles*, maman ? »

Elinor se mit à rire, comme tirée de ses rêveries.

« Non ma chérie, j'imagine, c'est tout… »

Le seul endroit où la ville faisait intrusion dans la paix de la rivière, c'était au niveau du pont, sous les fenêtres de l'*Osceola*, que traversaient parfois des autos et des enfants à bicyclette. Presque tous les jours, une vieille Noire, avec sa canne à pêche et une cage remplie de grillons en guise d'appât, se tenait accoudée au parapet en béton, tâchant d'économiser à son mari le prix d'une côtelette de porc pour le dîner.

Frances aurait davantage apprécié ces balades si elle n'avait pas eu la vague impression que sa mère attendait qu'elle dise ou ressente quelque chose qu'elle ne disait ni ne ressentait. Les yeux rivés sur le courant rapide de cette étendue si boueuse qu'on ne voyait pas au-delà d'une trentaine de centimètres sous la surface, la fillette était forcée de secouer la tête quand sa mère demandait : « Ma chérie, est-ce que tu n'as pas envie d'y plonger ? » Frances avait appris à nager à Lake Pinchona, dans l'eau claire et limpide de la piscine, elle savait même plonger, aller sous l'eau et retenir sa respiration plus longtemps que n'importe lequel de ses camarades. Elinor lui avait promis que si elle décidait un jour de nager dans la Perdido, elle la protégerait du tourbillon à la confluence, des sangsues près des berges, des serpents d'eau et de tout ce qui vivait tapi dans les remous sombres. « Tu n'as pas à t'inquiéter de ces choses, lui assurait Elinor, parce que tu es ma petite fille. Cette rivière est comme ma maison. Un jour, toi aussi tu t'y sentiras chez toi. »

Elinor n'obligea jamais Frances à nager dans la Perdido, et l'enfant ne lui avoua jamais que ce n'était pas la peur qui l'en empêchait, mais l'étrange familiarité qu'elle éprouvait vis-à-vis de la rivière. Ne comprenant pas ce sentiment, elle craignait de le sonder. En dépit de ses cinq ans, Frances gardait des bribes de souvenirs d'un temps trop ancien pour l'avoir vécu. La Perdido appartenait à ce temps-là, de même qu'un enfant – un petit garçon de l'âge de sa cousine –, avec qui elle se rappelait parfois avoir joué dans le passage entre sa chambre et la chambre d'ami, cette pièce étroite où l'on rangeait le linge. Cependant, pour autant qu'elle le sache, elle n'avait jamais nagé dans la Perdido, et le petit garçon n'était qu'un visage sans nom enfoui dans sa mémoire.

Frances était une enfant douce qui se plaignait rarement. Elle ne comparait jamais son sort à celui des autres, ne disait jamais à une camarade: « Je déteste faire ça, pas toi ? », ou « Ça me rend folle quand maman me dit ça. » Elle pensait que chaque émotion qui la traversait lui était propre, qu'elle ne pouvait donc être partagée, et que personne à Perdido n'en éprouvait jamais de semblable. C'est pourquoi, convaincue de l'insignifiance de ses sentiments, elle n'en parlait pas et ne cherchait jamais à être rassurée, flattée, détrompée ou approuvée pour ce qu'elle pensait ou ressentait.

L'un de ces silences les plus criants concernait la maison où elle habitait. Elle en connaissait vaguement l'histoire: sa grand-mère l'avait fait construire et offerte en cadeau de mariage à ses parents, mais leur en avait refusé l'accès pendant longtemps. Et quand Miriam était née, Mary-Love avait dit : « Vous pourrez vous installer dans la maison seulement si vous me donnez Miriam. » C'est pour ça que sa sœur vivait avec sa grand-mère, et que Frances était seule.

Frances ne voyait rien d'inhabituel, de cruel ou d'injuste dans cette situation. Ce qui la tracassait, c'était moins la façon dont ses parents avaient troqué Miriam contre leur liberté, que ce qui était arrivé à la maison durant la période où elle était restée inhabitée. Cette inquiétude était alimentée par Ivey Sapp, la cuisinière de Mary-Love, qui lui avait raconté l'histoire un jour où elle était en train de préparer un repas pour sa grand-mère.

L'idée que le mobilier ait été recouvert de draps avait captivé Frances.

« Tu veux dire, avait demandé la petite fille, que ma maison était fermée à clé et qu'elle était toute vide ? C'est drôle.

— Non, c'est pas drôle, avait répondu Ivey. Pas du tout. Aucune maison est jamais vide. Y a toujours que'que chose qui s'installe. Faut juste faire attention que c'est bien des *gens* qui l'font en premier.

— De quoi tu parles, Ivey ?

— De rien. Tout ce que je dis, c'est qu'on peut pas garder une maison grande comme ça vide pendant tout ce temps, avec des draps sur les meubles, l'étiquette du prix encore sur les montants des fenêtres et les clés sur les portes, sans que quelqu'un s'installe dedans. Et quand je dis *quelqu'un*, je pense pas forcément à des Blancs, et je pense pas forcément à des Noirs.

— À des Indiens ?

— Pas à des Indiens non plus.

— Alors à qui ? »

Ivey avait marqué une pause, puis elle avait ajouté :

« Si tu les vois pas, ça sert à rien d'en parler, hein ?

— J'ai jamais vu que maman, papa, Zaddie et moi dans la maison. Qui d'autre habite là ? »

Elles avaient été interrompues par Mary-Love, qui avait remarqué : « Ta mère te laisse courir par monts et par vaux sans surveillance, ma petite ? »

Frances avait été renvoyée chez elle avant d'avoir pu découvrir qui d'autre pouvait occuper la maison où elle vivait.

Cette discussion était restée gravée dans sa mémoire bien qu'elle ait complètement oublié pourquoi elle se trouvait dans la cuisine de sa grand-mère alors qu'elle était très rarement chez elle, et qui plus est quasiment jamais seule. Parfois, elle s'imaginait l'avoir rêvée, tant ce souvenir était déconnecté des autres. Surtout, elle n'arrivait pas à décider si les paroles d'Ivey avaient influencé sa vision de la maison, ou si elles avaient confirmé quelque chose qu'elle ressentait déjà.

Frances aurait dû aimer sa maison. Elle était grande – la plus grande de la ville – avec plein de pièces. Elle avait une chambre pour elle seule, sa propre salle de bains et sa propre penderie. Les couloirs étaient longs et spacieux. Les portes et même les fenêtres du grand salon étaient décorées de vitraux, si bien que le soleil de l'après-midi peignait les sols de couleurs vives. Frances s'asseyait parmi les taches colorées et regardait, sur un petit miroir qu'elle tenait devant elle, son visage éclaboussé de rouge vermillon, de cobalt et de vert émeraude. La maison avait plus de porches qu'aucune autre en ville. Au rez-de-chaussée, il y en avait un à l'avant, ouvert, étroit et long, avec des chaises en osier vertes et des fougères. Juste au-dessus, débouchant sur le couloir de l'étage, il y en avait un autre de la même taille, une petite terrasse, avec d'autres sièges à bascule et une table basse garnie de revues. À l'arrière de la maison au rez-de-chaussée, on trouvait le porche qui donnait sur la cuisine, la tonnelle, dont la treille maintenait la fraîcheur en été. Mais le plus grand de tous était la véranda à l'étage. Entièrement équipée de moustiquaires pour pouvoir y dormir en cas de fortes chaleurs, elle avait vue sur la digue et sur la maison de Mary-Love, elle était équipée de balancelles, de sièges à bascule, d'un hamac, de fougères en pots, de tapis, de lampes et de plusieurs tables basses. L'une des fenêtres de la chambre de Frances s'ouvrait sur la maison de sa grand-mère, l'autre donnait directement sur cette véranda. Il n'y avait pas de sensation plus délicieuse, pensait la petite fille, que d'aller à sa fenêtre et de tomber sur ce qui était véritablement une autre pièce. Lorsqu'elle s'endormait, la nuit, elle tournait la tête et voyait derrière le fin voilage les silhouettes de sa mère et de son père en train de doucement se balancer et de parler à voix basse afin de ne pas la déranger. Quelquefois, Frances se tenait dans la véranda et regardait dans sa propre chambre, toujours surprise de la trouver si différente depuis cet angle.

La façade de la maison était blanc vif, comme presque toutes les habitations de Perdido, mais l'intérieur était sombre et tamisé. La lumière du soleil ne pénétrait jamais jusqu'au fond des chambres. Le papier peint était orné d'élégants motifs foncés. Il y avait des volets à toutes les fenêtres, mais aussi des stores vénitiens, des voilages et des rideaux en tissu épais. L'été, tout ça restait fermé pour lutter contre la chaleur, et n'était rouvert qu'au crépuscule. Le clair de lune apportait fréquemment plus de lumière dans les pièces que le plus éclatant soleil de juillet.

La maison avait aussi une odeur bien particulière, un mélange du sable blanchi par le soleil qui ceignait la propriété, de l'argile rouge de la digue, de la Perdido qui coulait de l'autre côté, de l'humidité des murs et des vastes pièces plongées dans la pénombre, des odeurs de la cuisine de Zaddie et de quelque chose qui était apparu lorsque la maison était vide, et n'avait jamais complètement disparu. Même pendant les mois de sécheresse, quand les moissons des fermiers se racornissaient dans les champs et que le moindre éclair qui s'abattait suffisait à embraser plusieurs hectares de forêt en quelques minutes, il y régnait une odeur d'eau de rivière, si bien que le papier peint semblait humide au toucher, que les enveloppes collaient les unes aux autres et que la pâte à tarte levait mal. On aurait dit qu'une brume invisible venue de la Perdido nimbait constamment la maison.

Il y avait ce que Frances percevait concrètement de la maison où elle vivait, et il y avait les impressions plus obscures, moins tangibles, qu'elle ressentait au réveil et qui disparaissaient aussitôt, ou juste avant de s'endormir et dont elle ne gardait aucun souvenir, ou encore les sensations si fugaces qu'elle ne parvenait pas à les saisir dans leur totalité. Mais ces myriades d'impressions, mises bout à bout et ajoutées au fil des mots et des sous-entendus d'Ivey, confirmaient le sentiment de Frances selon lequel elle, ses parents et Zaddie n'étaient pas seuls entre ces murs.

Les peurs de Frances se concentraient toutes sur la chambre d'ami, celle située à l'avant de la maison, à l'étage. L'une de ses fenêtres donnait sur la maison de sa grand-mère, l'autre sur le petit porche. La pièce était toujours prête à recevoir des invités, quoique aucun de ceux de ses parents ne passe jamais la nuit chez eux. Cette chambre était reliée à celle de Frances par un petit passage avec une porte de chaque côté et pourvu d'étagères en bois de cèdre où était entreposé le linge de lit. Ce qui se trouvait dans la chambre d'ami, pensait Frances, pouvait se faufiler par ce passage et ouvrir la porte de sa propre chambre sans que ses parents – qui dormaient de l'autre côté du large couloir – n'en sachent rien. Tous les soirs avant de se mettre au lit, Frances s'assurait que la porte qui donnait sur ce passage était bien verrouillée.

Lorsque Zaddie faisait le ménage dans la chambre d'ami, Frances s'y aventurait parfois malgré sa peur. Faussement désinvolte, elle examinait la pièce, y cherchant des preuves que quelque chose l'habitait. Mais au fond de son cœur, Frances savait que ce qui vivait là n'était pas dans la chambre elle-même mais dans la penderie qui s'y trouvait.

Au centre du mur faisant face à la fenêtre qui donnait sur le petit porche, il y avait une cheminée dotée de carreaux noir et crème et d'un foyer fermé. À gauche, se trouvait la porte du passage qui conduisait à la chambre de Frances, et à droite, une petite penderie. C'était elle l'objet de toutes les terreurs de Frances. La porte de cette penderie était la chose la plus effrayante qu'elle puisse imaginer.

Inégale, elle était plus petite qu'aucune autre dans la maison, avec une hauteur d'à peine un mètre trente alors que le reste des portes culminait à plus de deux mètres. Dans l'esprit angoissé de l'enfant, ce que dissimulait ce battant était nécessairement plus petit que n'importe quoi d'autre ici ; et c'est cette anomalie de taille qui l'effrayait plus que tout. Sa mère se servait de cette penderie pour ranger les vêtements qu'elle portait le moins mais souhaitait quand même conserver – robes hors saison, manteaux, chaussures, sacs à main, immenses chapeaux. Ça sentait la naphtaline, les plumes et la fourrure. Une fois ouvert, l'intérieur n'était qu'un sombre et immense fatras de cuir, de tissu et de sequins. Comme elle était dépourvue d'éclairage, Frances n'avait aucune idée de sa largeur et de sa profondeur. Dans son imagination, elle n'avait pas de dimension précise et s'étendait ou se contractait, selon la créature qui y avait trouvé refuge.

Les maisons surélevées, comme l'étaient celles des Caskey, tremblent toutes un peu sous les pas et les mouvements des résidents. Les verres tintent entre eux dans les vaisseliers de la salle à manger. Les portes glissent sur leurs gonds. Frances en avait conscience, néanmoins il lui semblait que la penderie était l'endroit où toutes ces vibrations trouvaient un écho ; elle tressaillait au moindre pas et conservait précieusement chaque bruit.

Et lorsqu'elle pensait que personne ne prêtait attention, elle produisait elle-même les bruits, les vibrations et les tremblements.

Frances savait tout ceci, et de tout ceci, Frances ne parlait à personne.

Quand on la laissait seule à la maison, comme il arrivait parfois dans la journée, elle trouvait un prétexte pour aller voir Grace deux maisons plus loin, ou suppliait pour qu'on l'autorise à aller voir les Strickland. Si l'autorisation lui était refusée ou qu'elle ne trouvait pas de raison valable, elle se débrouillait pour ne pas rester seule à l'intérieur. Elle attendait patiemment sur les marches de devant que quelqu'un revienne. En cas de pluie, elle s'installait sous le porche, sur la chaise la plus proche des marches afin qu'au moindre bruit suspect provenant de l'intérieur elle puisse s'enfuir par la cour. En ces pénibles occasions, Frances ne se risquait surtout pas à tourner la tête pour regarder les fenêtres du grand salon, par crainte de ce qui pourrait lui rendre son regard. Aux yeux de la petite fille, la maison était une tête gigantesque, et elle, un juteux morceau de viande idéalement tombé dans sa bouche béante. Le porche de devant figurait cette bouche au large sourire, la balustrade blanche en constituait les dents du bas, la frise en bois qui la surplombait les dents du haut, et la chaise en osier sur laquelle elle était assise, sa grosse langue verte. Frances attendait, se demandant à quel moment les mâchoires se refermeraient sur leur proie.

Dès que quelqu'un rentrait, la maison perdait pour un temps son air sinistre et malveillant. Le cœur redevenu léger, Frances emboîtait le pas de Zaddie ou de sa mère, tout en s'étonnant de sa propre sottise. Dans ce premier élan de bravoure, elle courait à l'étage, ouvrait à la volée la porte de la chambre d'ami et, jetant un rapide coup d'œil à l'intérieur, souriait de ne rien y découvrir du tout. Quelquefois, elle allait jusqu'à ouvrir le tiroir d'une commode ou à s'accroupir pour regarder sous le lit. Mais jamais elle ne se risqua à toucher la poignée de la penderie.

Dans l'épique saga de la famille Caskey,
les rivières suivent leur cours…

BLACKWATER III
LA MAISON

BLACKWATER IV
LA GUERRE

BLACKWATER V
LA FORTUNE

BLACKWATER VI
PLUIE

Bibliographie de Michael McDowell

ROMANS

The Amulet, 1979.
Cold Moon Over Babylon, 1980.
Gilded Needles, 1980.
The Elementals, 1981.
Katie, 1982.
Blackwater I: The Flood, 1983.
Blackwater II: The Levee, 1983.
Blackwater III: The House, 1983.
Blackwater IV: The War, 1983.
Blackwater V: The Fortune, 1983.
Blackwater VI: Rain, 1983.
Toplin, 1985.
Clue, 1985.
Jack and Susan in 1953, 1985.
Jack and Susan in 1913, 1986.
Jack and Susan in 1933, 1987.
Candles Burning (achevé par Tabitha King), 2006.

[*Sous le pseudonyme de Nathan Aldyne*]
(coécrit avec Dennis Schuetz)

Vermilion, 1980.
Cobalt, 1982.
Slate, 1984.
Canary, 1986.

[*Sous le pseudonyme de Preston MacAdam*]
(coécrit avec John Preston)

African Assignment, 1985.
Arabian Assault, 1985.
Island Intrigue, 1985.

[*Sous le pseudonyme de Mike McCray*]
(coécrit avec John Preston)

Deadly Reunion, 1984.
Cold Vengeance, 1984.
The Black Palm, 1984.
Contract: White Lady, 1984.
Louisiana Firestorm, 1985.
The Death Machine Contract, 1985.
The Red Man Contract, 1985.
D.C. Death March, 1986.
The Night of the Jaguar, 1986.
Contract: Terror Summit, 1986.
The Samurai Contract, 1987.
The Akbar Contract, 1987.

[*Sous le pseudonyme d'Axel Young*]
(coécrit avec Dennis Schuetz)

Blood Rubies, 1982.
Wicked Stepmother, 1983.

NOUVELLES

Miss Mack, 1986.
Halley's Passing, 1987.
Halloween Candy, 1988.
Inside the Closet, 1988.

SCÉNARIOS

[*Cinéma*]

Beetlejuice, 1988.
High Spirits, 1988.
Tales from the Darkside: The Movie, 1990.
The Nightmare Before Christmas, 1993.
Thinner, 1996.

[*Télévision*]

Inside the Closet, Tales from the Darkside, 1984.
The Word Processor of the Gods, Tales from the Darkside, 1984.

Slippage, Tales from the Darkside, 1984.
Answer Me, Tales from the Darkside, 1985.
Bigalow's Last Smoke, Tales from the Darkside, 1985.
Lifebomb, Tales from the Darkside, 1985.
Halloween Candy, Tales from the Darkside, 1985.
Effect and Cause, Tales from the Darkside, 1985.
The Jar, Alfred Hitchcock Presents, 1986.
Miscalculation, Amazing Stories, 1986.
A New Lease on Life, Tales from the Darkside, 1986.
The Last Car, Tales from the Darkside, 1986.
The Bitterest Pill, Tales from the Darkside, 1986.
Black Widows, Tales from the Darkside, 1986.
Seasons of Belief, Tales from the Darkside, 1986.
The Moth, Tales from the Darkside, 1987.
The Cutty Black Sow, Tales from the Darkside, 1988.
La Strega, Monsters, 1989.
Lover Come Hack to Me, Tales from the Crypt, 1989.
Far Below, Monsters, 1990.
Frankenturkey, Bone Chillers, 1996.

Table

LA DIGUE EST LE DEUXIÈME VOLUME DE LA SÉRIE BLACKWATER.
IL A ÉTÉ ACHEVÉ D'IMPRIMER LE 17 NOVEMBRE 2021
ET PORTE LE NUMÉRO 165955. IL MESURE 108
SUR 165 MILLIMÈTRES ET COMPTE 260 PAGES,
CE QUI SUFFIT POUR FAIRE BARRAGE
À LA MONTÉE DES EAUX.

LES COUVERTURES DES SIX
VOLUMES DE L'ÉPIQUE SAGA DE LA FAMILLE
CASKEY ONT ÉTÉ DESSINÉES PAR PEDRO OYARBIDE,
SOUS LA DIRECTION DE MONSIEUR TOUSSAINT
LOUVERTURE, DANS L'IDÉE DE LEUR DONNER
UN ASPECT QUI, TOUT EN S'INSCRIVANT
DANS LE TEMPS, PARVIENDRAIT À LUI ÉCHAPPER.
CHACUNE DE CES COUVERTURES A ÉTÉ PATIEMMENT
MANUFACTURÉE PAR PRINT SYSTEM À BÈGLES, EN GIRONDE,
SOUS L'ÉGIDE DE MÉLANIE FRANCA ET DE
JEAN-PIERRE CHAMPMONT.

CE TRAVAIL COLLECTIF,
ARTISANAL ET UN PEU FANTASMATIQUE
A ÉTÉ EFFECTUÉ SUR UN PAPIER POP'SET
GALET DE 240 G.

LES COUVERTURES ONT D'ABORD
ÉTÉ PASSÉES SOUS LES ENCRES D'UNE PRESSE OFFSET
AVANT D'ÊTRE DORÉES À CHAUD À DEUX REPRISES
(D'UN COLORIT NOIR PIGMENTÉ SUIVI D'UNE DORURE
CHAMPAGNE), PUIS ENFIN EMBOSSÉES. TOUT CECI POUR
QUE LEURS FORMES ET LEURS OMBRES CAPTENT LA
LUMIÈRE ET MARQUENT LES ESPRITS.

L'IMPRESSION DES BLOCS
INTÉRIEURS ET LA RELIURE ONT ÉTÉ ASSURÉES
PAR L'IMPRIMERIE CPI FIRMIN-DIDOT À MESNIL-
SUR-L'ESTRÉE, DANS L'EURE. LA POLICE UTILISÉE
EST DU SABON CRÉÉE PAR JAN TSCHICHOLD.

CE PROJET ÉDITORIAL A ÉTÉ RÊVÉ
ET RÉALISÉ PAR MONSIEUR TOUSSAINT LOUVERTURE,
ÉPAULÉ DE SON DIFFUSEUR & DISTRIBUTEUR HARMONIA
MUNDI LIVRE, DE NADIA AHMANE, DU BUREAU VIRGINIE
MIGEOTTE ET DE SYLVIE CHABROUX.